唱給火星人的10首情歌

橘子作品2

To the other side

自序

這是我第一個寫下的故事，那年我二十二歲。
我想把這本書，
獻給
所有去了火星的人們
以及
所有還在地球，正讀著這段文字、正準備進入這段故事的你們，和我自己
還有，最初寫下這個故事的那個我。

在九年後的今天，我第一次，更動了故事的結局。
我真的希望，還沒看過這故事的你們，能夠走進這個故事。
而，已經看過本書的你們，則，能夠再一次的翻閱它，感受它。
能夠再一次的，感動。

橘子

二〇〇九。春

最。初

有時候我會想，每個人都記得自己最初使用MSN的原因嗎？

我記得。

直到多年後的今天，每日每夜每分每秒，都清晰無比的記得。

二〇〇三。夏

第一章

會開始上MSN其實都是ELVA的緣故。

ELVA當然有她自己的中文名字，只不過她強烈要求每個認識她的朋友喊她作ELVA而非她的本名，因爲她的本名實在是很有親和力。

簡直像是她媽媽直接把自己的名字送給女兒用的那種程度親和力。

ELVA之所以會把英文名字取作ELVA並不是因爲她長得像蕭亞軒——雖然她在穿著打扮、化妝方式、頭髮長度甚至笑時嘴角該揚幾度都極力模仿蕭亞軒——而是因爲ELVA和蕭亞軒走過相同的改造之路：離子燙。

剛認識ELVA的時候——那時候她還不敢強迫每個人喊她作ELVA、而只是含蓄的這麼希望著每個人叫她ELVA——她其實應該稱得上是美女，只不過很少人會發現這件事情而已。

國中時的ELVA頂著一頭教人看了就會餓肚子的米粉頭，她並且戴了一副遮去她半張臉的粉紅色膠框眼鏡，白色的制服襯衫裡固定會加件襯衣，而且制服裙總是保持到膝下的長度——同樣是因為毛髮濃密的困擾——當時她甚至還有那麼一點的暴牙。

當時的ELVA是那種當你試圖對她的國中同學形容起這個人時，首先會說起的並非她那極具親和力的名字，而是她那看了就會教人餓肚子的米粉頭。

例如顏瑋良：

『是不是那個米粉頭啊？不會吧？她現在是你女朋友哦？』

顏瑋良是ELVA的國中同學以及我的高中死黨，其實我是有點後悔把和ELVA交往的事情告訴他那樣壞嘴巴的人，但是沒有辦法，他畢竟是我最好的朋友（眞不幸），而我當時眞的超級想找個人分享我的戀愛喜悅。

「你不要露出那種表情好不好！她已經把頭髮留長綁起來了，而且她紮馬尾很漂亮。」

『那粉紅大眼鏡咧？』

「拿掉了，她現在戴隱形眼鏡。還有，你留點口德好不好？」

『失言失言。那……和暴牙親嘴的觸感如何呀？噗哧～～』

聊到這我已經差不多想把他給海扁成手風琴了！不過還好我沒有，畢竟我的朋友實在也沒幾個了。

「她已經戴牙套矯正了，應該高中畢業前就可以拆下來了吧。」

『那所以、和牙套妹親嘴的觸感如何？可以舌吻嗎？會不會被擦傷？』

「你很無聊。」

『不會吧！你們還沒Kiss過？』

不會吧？我什麼都沒說他立刻就猜到？

「干你屁事。」

『好啦好啦！不過還是恭喜你呀！總算輸尿管不再只作輸尿用途囉！雖然這還很難說！哇哈哈～～』

眞他媽的顏瑋良。

ELVA是我的初戀。

其實我一直搞不懂爲什麼那時候的ELVA願意接受我的追求。

『因爲你很溫柔呀！』

ELVA說，一聽就知道是在敷衍人的說辭。

『你其實長得很可愛呀！在胖子界來講你可是個帥哥呢！』

ELVA又說。

認識ELVA的時候我身高已經長到一百八十公分，而體重也非常爭氣的在一百之間遊走（上下正負十公斤），就唯獨臉卻突兀的小，因此更顯得我人很大一隻，於是顏瑋良他們那群壞嘴巴總喊我作大隻，至於ELVA則喜歡抱著我說感覺眞像是在抱個大娃娃。

很可愛的那種。她強調。

『好舒服哦！抱著你的感覺。』

ELVA每次抱著我的時候總是一副滿足的神情。

每當那個時候我總會有種米粉頭和大娃娃最後終能Happy Ending的幸福感，甚至我還爲此參考了許多的A片以了解什麼樣的姿勢比較合適體型差異如此之大的我們從事；只不過很可惜的是，當我終於用得上參考資料時，卻也是失去ELVA的同時。

畢業後ELVA考到了台北的大學而我則繼續留在台中，我們變得無法經常見面並且差異越來越大——上了大學之後的ELVA開始強迫每個認識她的人叫她作ELVA，因爲離子燙派上用場以及牙套的功成身退兼化妝品的助紂爲虐——有天在電話裡ELVA告訴我不要那麼常打電話給她，因爲手機費很貴。

「沒關係啦！反正是我媽付的帳單。」

ELVA好像開始不再欣賞我的幽默了，因爲她聽了之後非但沒有像以往那樣捧場的笑，反而是嘆了口氣，接著她說：

『那不然我們用MSN聊天好了，最近打工了才知道賺錢辛苦……』

「妳有MSN？」

『嗯，你拿紙筆來抄下我的帳號……』

我於是聽了ELVA的話不再那麼頻繁的給她電話，只是我在線上卻也沒遇見過她幾次，因爲ELVA總是顯示離開的狀態，我想那大概是因爲她眞的很忙吧！要不她在MSN上的照片怎麼會那麼頻繁的更換？

我變成只能看著ELVA的照片了解她的近況，了解她越變越美，了解我們之間越離越遠，越離越遠……

直到那天晚上ELVA突然跑來找我爲止。

『你要不要我？』

這是ELVA開口的第一句話。

「吭？」

而這則是我的第一個反應。

『我問你，你要不要和我睡覺？』

開玩笑，當然嘛要！而且已經想要很久了。

我們於是笨拙的脫衣親熱，我有點慶幸的發現這都是我們的第一次，當我還在竊喜著原來ELVA眞只是單純的忙而非移情別戀時，她馬上就把我從天堂給拉到了地獄。

『你最近瘦了很多。』

這是事成之後（事情完成之後）ELVA開口的第一句話。

坦白說我一直對於事成之後ELVA開口的第一句話竟是——你最近瘦了很多——感到相當的耿耿於懷，總覺得應該說點別的什麼會比較恰當才是。

不過，到底該說些別的什麼、我也不知道。

「對呀！而且體重掉得有點誇張。我媽媽叫我找時間去醫院檢查檢查是不是身體出了什麼問題，可是我真的很討厭醫院總覺得那裡白白的很討厭，但是沒有辦法再繼續瘦到七十公斤的話我想我真的不去不行了——」

『你可不可以不要開口閉口就媽媽媽媽的！』

「啊？」

『算了。』她嘆了口氣，接著搖搖頭，『沒事，當我沒說，我只是想說找個藉口可能會比較好，不過事到如今我也懶得找藉口了。』

「什麼東西事到如今？」

ELVA沒解釋什麼東西事到如今，她只是開始穿衣服，然後連一秒鐘也不浪費的直截了當說道：

『我在想我們是不是分手比較好。』

「呀？」

『我有喜歡的人了，而且我們其實已經在交往了，是網路上認識的網友，他長得很帥很像明星。』

「那爲什麼——」

『因爲我不想讓他知道我還是處女，這樣他會以爲我沒有行情，好！我承認我過去確實是沒有行情但是我現在不一樣了！我變漂亮了我想要有個帥的男朋友難道有什麼不對——對不起。』

「那這算什麼？分手費嗎？」

『不管是什麼都是我的錯，對不起。不過請不要再來找我。』

然後我才知道原來ELVA穿衣服的速度如此之快，只消幾句話的時間就足夠了。

不知道她用了多久的時間才下了這個決定的呢？希望不要少於三句話。

不知道我要用多久的時間才能如ELVA所說的、把她忘記。

眞希望也只需要三句話就好。

當ELVA走出我的世界之後，我並沒有試圖去挽回、拚死去糾纏，我唯一所做的事情就如同ELVA所希望的那樣：不再去找她。我畢竟從來就是很聽話的那種個性，或許這就是ELVA認爲的我的溫柔。

『人太溫柔的好處就是甩了也不用內疚。』
顏瑋良說，當他買了酒來陪我消愁時。
坦白說要不是當時我喝得有點醉了，要不我眞想吐他個滿臉口水，因爲他實在是媽的很不會安慰人。
『男人呀臉皮不能太薄啦！要不談感情就只能談得滿鼻子灰，就像你這樣。』
而且不會安慰人就算了，他還擅長落井下石的毒舌人。
『不過呀她還眞夠狠的，都決定要分手了還跑來騙走你的初夜。』
「所以我祝福他們囉。」
『見鬼哦！你還祝福他們？』
「嗯，我祝福他們性生活不美滿。」
『笑死我！那我也來。』
「干你屁事呀？你也祝福咧。」
『我這個……祝福那男的、小便解到一半命根子還掉下來！哈～～』
「你眞低級。」
低級到我眼淚都笑到流出來了。
『乾杯啦。』
「幹嘛乾杯？」

『爲失戀乾杯呀。』
「失戀乾杯！」
兩杯高粱下肚之後，顏瑋良突然難得正經的說：
『大隻呀。』
「幹嘛？」
『你瘦得很可疑耶！現在幾公斤了你？』
「六十五。」
『不是吧！兩個月不到就掉了三、四十公斤哦！嘖嘖嘖！失戀眞是最好的減肥藥。』
「並不是好嗎？我在那之前就開始暴瘦了。」
『去看個醫生吧！搞不好是內分泌失調。』
「我又不是女人，還內分泌失調咧！」
『只要是人都會有內分泌好不好！你是白痴還是智障或者都是？』
「隨你怎麼說。」
『像是壓力呀遺傳呀什麼的，有人是會暴肥有人則是暴瘦，就像你這樣。』
「你放屁。」
『體力明顯變差了吧最近？』

「唔……」

我覺得顏瑋良實在是應該考慮去念醫學院的，因爲他隨口說的話（而且還是幹掉了半瓶高粱之後）竟然和我去看了醫生之後的診斷結果一模一樣。

「喂！顏大頭！你願意和一個內分泌失調的男人做朋友嗎？」

從醫院回來之後我很感傷的第一個打電話告訴顏瑋良這個消息。

爲什麼感傷？因爲我發現如今我唯一能找到的談話對象居然只剩下這個王水毒舌大頭男。

眞黯淡……

『是不介意啦！不過我比較介意和一個流浪漢做朋友，而且還是內分泌失調的那種！噗哧～～』

這喝王水長大的毒舌王八蛋！

不過我大概知道顏瑋良的意思，我實在是越來越邋遢了。

我因此上了髮廊去剪了頭髮，不但每天都仔仔細細的把鬍子給刮個乾淨（本來我以爲蓄鬍子能有助於我的男人味，但後來我發現那只會顯得我臉更小），接著還把衣服全部重新買過，因爲之前的衣服實在是完全性的穿不住了。

三十腰！眞是我的老天爺！我好像從國小畢業之後就沒再穿過這種腰圍的褲子了，

眞搞不懂爲什麼那時候ELVA願意和那樣的一個我交往？

『其實你長得滿帥的嘛！』

這是顏瑋良看到我的新改變之後說的第一句話，也是我第一次從那張王水嘴巴裡聽到比較像人的人類語言。

『那現在不能叫你大隻囉！』

「叫我帥哥。」

『好吧，只是我怕你聽不習慣，你應該從來沒有被這麼稱呼過吧？哈！』

「你幹嘛不去死。」

『喂！我跟你講，你趕快趁現在還是個帥哥時上台北找ELVA，搞不好她立刻回心轉意咧。』

「才不要，好馬不吃回頭草。」

『那就趁現在還是個帥哥時騙騙小女生盡情當個散播歡樂散播愛的種馬吧！哈～～～』

「受不了！」

『要不誰曉得你內分泌調好了以後會不會復胖？』

「……」

第二章

我把ELVA的號碼從手機裡刪除了，順便連MSN也不再上線了，畢竟只有一個聯絡人而對方又總是顯示離開的MSN眞的會讓人感覺很寂寞。

寂

寞

但是這天，我二十歲生日這天，我再度登入了空白許久的MSN，我想要看看ELVA有沒有在線上？我想看看ELVA的狀態會不會終於顯示成爲線上？我想看看ELVA會不會還記得今天是我的生日？想看看能不能再聽到她對我說的第三次生日快樂？就算沒有聲音只是打字，這樣也好。

也好。

這麼一來接著我就可以告訴ELVA就算我們當不成情人，也、還能不能繼續是朋友？

然而當我一上線、都還來不及看到ELVA的狀態時，就被一個跳出的視窗擋住了我的目光。

誰邀請我加入他/她的聯絡人?

顏瑋良?什麼時候這王八蛋有了MSN也不告訴我?

將游標點選接受、按下左鍵之後,第一次我的聯絡人名單裡終於有了狀態是在線上的小綠人,不過卻是個陌生人。

奇怪的陌生人。

沒有禮貌的陌生人。

這個人邀請我加入他的聯絡人卻又不先自我介紹一番,甚至連聲招呼也不打的就直接傳來要我一起玩旋轉泡泡球的遊戲。

旋轉泡泡球?什麼東西這個?

『按接受呀!』

這是他傳來的第二個訊息,雖然只是簡短的幾個打字,但是卻足以明顯的表達出他的不耐煩,嘖嘖嘖!真是個表達能力卓越非凡的傢伙。

接受。

「我不會玩這個東西。」

『沒叫你跟著玩。』

「那爲什麼找我玩？」

『因爲要有人幫我按接受呀！』

「哦。」

『嗯。』

坦白說我一度懷疑這個來路不明的傢伙是顏瑋良偷偷上線捉弄我，但想想又覺得太不可能，因爲首先、這傢伙右上方顯示的照片實在是比顏瑋良帥上太多了，還有就是、顏瑋良只是嘴巴壞而已，而這傢伙則明顯壞的是脾氣。

而至於我呢？我想我大概是腦子壞了吧，因爲我竟然試圖和這個來路不明、沒有禮貌的脾氣顯然不太好的又愛玩旋轉泡泡球的傢伙聊天。

「這照片上的人是你呀？」

『嗯。』

眞是冷漠的反應。

「挺帥的哦。」

『我知道。』

喲！狂妄的咧。

「這東西好玩嗎？」

『還過得去。』

算了直接切入重點好了——

「我們認識嗎？」

『不認識。』

「那你爲什麼知道我的帳號？」

『隨便試的。』

嘖！我想面對這麼一個難相處的陌生人，現在眞的該是離開的時候了。但是想想在生日當天竟然沒被祝福生日快樂也未免太過感傷，於是我提起勇氣下定決心幹下最後一件蠢事——

「你可不可以祝我生日快樂？」

『？』

「因爲再過十分鐘就是我二十歲的生日了。」

看來這傢伙不但是表達能力不錯就是連自省能力也挺不賴的，因爲這傢伙Idle了好久，久到足以我去上個廁所回來順便煮杯咖啡然後剪個腳趾甲最後再打個呵欠。只不過這傢伙反省自己的時間也未免太久了吧？最無聊的是我竟就這樣呆呆的等著他。而且還一邊對錶計算時間。

『生日快樂。』

十二點整，這傢伙才終於傳來了這訊息，看在他花了十分鐘對自己剛才不禮貌的言語感到內疚不已的份上，我一直以爲他是一個很有自省能力的傢伙，但是後來我才知道原來並不是。

原來那天也是他的生日。

不過想來也眞是怪感傷的，在我二十歲生日這天、第一個對我說生日快樂的人竟然是個陌生人，而且還是沒有禮貌脾氣欠佳愛玩旋轉泡泡球又冷漠狂妄的那種。

而第二個則是顏瑋良。

哎～哎～眞是有種今年好像會倒楣一整年的感覺。

『生日快樂呀大隻！打算怎麼過這二十歲的生日？』

「在睡覺中度過呀。」

『空虛！你這個沒有朋友的可憐蟲，這樣吧！我找一群人來扮演你的朋友、我們去夜唱夜喝啦！』

「你出錢嗎？」

『你想有可能嗎？哇哈哈～～～』

「就知道。」

連生日都想敲朋友竹槓的王八損友。

「喂！你有MSN嗎？」

『沒有呀、幹嘛？想跟我線上談心嗎？噗哧～～』

「你眞的也去看個醫生比較好。」

『好啦說正經的，幹嘛呀？』

「剛有個暱稱叫作下雨天的奇怪傢伙把我加入他的聯絡人。」

『公的還母的呀？』

「公的，而且照片看起來還滿帥的，所以我想該沒可能是你才對，不過還是想確定一下，搞不好你冒用別人的照片上網泡美眉什麼的。」

『你幹嘛不去死。』

哈！眞爽～

『不過你想有沒有可能是ELVA的新男朋友？』

「怎麼可能！」

『怎麼不可能？搞不好他偷偷打開ELVA的MSN，從她的聯絡人名單上面看到你這個可疑的傢伙，所以就偷記了你的帳號來刺探軍情啊、這類的。』

「還刺探軍情咧！我們又不搞藕斷絲連那一套。」

『搞不好他是個疑心病很重的人，假裝和你交朋友但其實是要確定你們分手後有沒有還亂來順便討論一下ELVA的性感帶這類的。』

「有時候你真的是不要這麼低級比較好。」

『圈圈叉叉咧～～』

「……」

不過仔細想想顏大頭那個低級鬼說的倒也不無可能，於是隔天我又上了線，果真聯絡人上顯示的還是小紅人搭配小綠人。

我感覺到自己簡直就像是神經緊張的貓那樣、直楞楞的盯著電腦螢幕看，我越看越是覺得心不安，越看越是懷疑確實就是這個來路不明的傢伙和ELVA聯手起來想陰我整我暗算我、我越看——

愕！這怪傢伙又找我玩旋轉泡泡球！很閒嘛他！

按了接受看著他很樂似的自己玩了起來時，我決定採取先發制人策略、刺探個軍情先，而且還是不著痕跡的那種。

「今天過得如何呀？」

『還可以。』

眞難聊。

我一直奇怪這傢伙是天生就快樂不起來、還是因爲看到我才這樣的？我一直就覺得遇到他的時候、他好像總是眉頭深鎖的多，雖然我看不到他本人，但我就是感覺得到。

算了我放棄，還是開門見山法比較合適我一些：

「你認識ELVA嗎？」

『認識。』

居然眞被顏大頭那混帳給猜中了！

『不過她不認識我。』

「吭？」

『蕭亞軒嘛！誰不認識。』

就知道顏大頭那白痴的猜測沒可能。

『爲什麼問？』

爲什麼呢？

爲什麼我接著就像個尋常的失戀男人會有的表現那樣，開始在線上對這個來路不明的奇怪陌生人吐露我遇人不淑的失戀心情，從ELVA還是個米粉頭而我還是個體重過百的大胖子開始，一直到她都決定分手了卻還來騙走我的初夜並且我們都認爲實際經驗不如默默想像的這些事情都給說了出來。

當我一口氣把心頭的鬱悶倒出來之後，這是他傳來的第一個問題：

『不過，這照片上的人眞的是你嗎？』

「是呀懷疑哦？覺得看起來不像是會被甩的人對不對？哈！實不相瞞我自己也覺得現在的樣子眞是頗帥的咧！哈～～」

『不，其實我是覺得你好像應該是女人才對。』

「吭？」

『因爲你剛給我的感覺還眞Sissy。』

什麼鬼？這傢伙居然膽敢質疑我這個如今已練就四塊腹肌的帥哥是個娘娘腔！實在是嚥不下這口氣，於是我氣不過的挑釁問道：

「你有幾塊腹肌？」

『幹嘛？』

「我問、你有幾塊腹肌？」

『少蠢了你，問這幹嘛？』

「因爲你質疑我的男人味。」

『你不但蠢，而且有病。』

我一直認爲這傢伙應該是個直覺敏銳的天蠍男，因爲我們不過才談過兩次，但他卻能一眼就看穿我有病，不過我可不是他以爲的神經病，我只是內分泌失調而已。不、或許我有可能不只是內分泌失調而已，還眞有那麼一點的神經病，否則就我那麼討厭這傢伙的程度而言，我沒可能還想繼續上線，而且爲的還只是看看這個愛罵人的傢伙是不是也在線上。

我想若不是我眞的壞了腦子就是眞的太寂寞了。

我居然會寂寞到試圖和這傢伙聊聊關於那個轟動到不行的偶像劇男主角。

『幹嘛？』

「也沒什麼啦其實。」我試著客氣的表示：「只是聽朋友說他很帥，所以想問問你知道不知道他長什麼模樣、這樣而已。」

『我就懷疑你是Gay。』

「喂！」

我想這傢伙最熱愛的運動應該就是挑戰，否則他沒道理一直挑戰我的忍耐極限。

『要不你做啥對帥哥有興趣？』

『哦……連你也說他帥呀！』

『你眞的這麼哈那傢伙哦？』

「嘖！因爲別人都說我長得像他。」

懂不懂暗示呀這傢伙？一般而言、對話進行到這邊就差不多也該接著表示——聽你這麼一提起、我也這麼覺得耶——不是這樣嗎？

顯然這傢伙擺明了就是不懂暗示，因爲他接著表示：

『他像Gay？不會吧？』

「你眞的很惹人厭。」

『抬舉了，比起你來還略遜一籌！』

我想我應該去拜讀李敖或者是陳文茜的自傳，或許這樣才有吵贏他的機會。

第三章

再度上線。

果眞這傢伙又在線上，並且一見我的出現就立刻傳來了要玩旋轉泡泡球的訊息，我有點奇怪怎麼他老掛在線上都不用眞實生活嗎？整天都掛在網路上怎麼生活呢？如果照片上眞是他本人的話，應該會是有女朋友的不是？

「喂！你有沒有女朋友？」

本來我只是出自於關心的善意問他這麼一下，沒想到這自戀鬼卻異想天開的以爲我想泡他。

『我不是同性戀。』

「蝦米？」

『你這麼問是想要追我吧？』

看來這傢伙不是疑心病特重就是得了被愛妄想症。

「少白痴！我也不是同性戀。」

『最好是。』

「我只是奇怪你老掛在線上的樣子，好像都不用生活呀戀愛呀什麼的哦？」

『哦！我女朋友不喜歡兩個人太黏。』

好耳熟的一句話。

「小心這是她變心的前兆。」

『不可能，我女朋友對我最忠心了。』

「話可別說得太早，我的前女友就是用這一招甩掉我的，先是說她需要空間呼吸，兩個人還是保持點距離的好……然後有天就突然跑來騙走我的初夜，接著擺擺手說眞不好意思她愛上別人了，最後就謝謝再聯絡了，哦、不對……她是要我不要再聯絡她了。」

而且事後的第一句話還是我好像瘦了很多，眞是什麼跟什麼。

『看來你已經成功走出失戀了嘛。』

「蝦米？」

『因爲你這次提起她的口氣感覺起來平靜多了。』

「終於不再像個娘兒們一樣的哭哭啼啼了嗎？」

『是呀。』

「那眞是謝謝你囉。」

他從電腦那頭傳來了笑臉符號，不知道爲什麼，我總覺得今天的他不太對勁似的。

「你是來月經哦？」

『我是男的耶。』

「我知道呀！不過總覺得今天的你有點怪怪的，好像心事重重的感覺。」

他再次傳來了笑臉符號，而這次的笑臉好像更無力了些；總覺得有點可惜，因爲照片上的他看起來笑得很幸福的樣子。

他擁有一張合適笑容的好臉。

「是不是女朋友和你吵架呀？看你很無精打采的樣子。」

『沒啦，只是睡不好而已。』

「那你要早點睡呀！我每次下線都兩三點了看你還掛著，這樣對身體不好啦。」

『沒辦法我失眠呀！很難才能睡著，睡了卻又做夢，不睡還比較好。』

坦白說我個人認爲他打這段文字的感覺還眞嫣的像個小娘炮似的，不過看在他今天彷彿老大心情不甚愉快的份上，我決定忍痛放過這次消遣他的難得機會。

「試試安眠藥吧！如果失眠到影響生活作息的話，還是吃一下比較好吧。」

『不要，我討厭任何形式的依賴。』

「固執。」

『我知道。』

「知道還不改。」
『反正也沒差，我整天也沒什麼重要的事情做。』
「無業遊民？」
『也可以這麼說。』
「你幾歲？」
『二十二。』
「那你女朋友？」
『哦！我說錯了，她二十二、我二十三。』
「還是試試安眠藥吧你！看你失眠到腦子都故障了，連年紀也記錯。」
『你管我。』
「運動啦！把身上多餘的熱量消耗掉，這樣晚上就會比較好睡啦。」
『囉嗦。』
「這還不都是爲你好呀死小孩！」
『喂！我比你大耶！』
「對吼。」
『而且你知道嗎？我居然和你同一天生日耶！你看衰不衰？』
「是呀我很衰！哇哈哈～～」

『隨你怎麼說。』

「哈！」

謝天謝地，這傢伙看來心情彷彿是好了些。

『其實你感覺上人還不錯嘛。』

「什麼叫感覺上人還不錯？我本來就是個好人。」

『嘿！問你一個問題，你覺得眞愛是什麼？』

「眞是老掉牙的問題，你是在沒話找話聊哦？」

『並不是。』

「哦……說眞的沒想過欸。」

『我覺得眞愛是、就算你看透了對方的種種缺點，也、還依舊愛他，並且不放。』

「就像你女朋友對你這樣嗎？噗哧～～」

坦白說我本來只是單純的想要藉機毒舌他而已，但沒想到這傢伙卻意外的認眞回答了起來：

『不，相反的，就像是我對她那樣。』

「你說反了吧！哈！」

『眞的啦！有時候我好懷疑爲什麼我那麼愛她呀！根本就不值得嘛！眞的是個不值

得被愛的女人呀！個性很糟的她。』

這傢伙講話的邏輯怎麼怪怪的？實在是聽不出來他到底是以爲誰愛誰多。

「你們是吵架了哦？看你猛講她壞話的。」

『沒啦！只是突然剛好感觸很深而已。』

眞是怪得很，這傢伙今天。

「喂！我是台中人，你咧？」

『幹嘛問？』

嘖！才剛談完心馬上卻又把心牆圍出來，這傢伙眞是難以捉摸。

「幹嘛呀？難道眞怕我泡你不成哦？」

『正是。』

「想太多，我只是想說，如果你剛好也是台中人的話，那或許我們可以約出來打籃球呀！要多運動啦你！老失眠對身體眞的不好啦。」

『拜託，我是整天下來連話都沒說上兩句的人，更別提運動了。』

嘖！好乾脆的傢伙！竟然就這麼冷淡的拒絕了我眞實的友誼。

「你該不會每天的運動就是上網吧？」

『還有做夢，討厭的夢。』

「但有可能一整天能夠開口說不上兩句話嗎？」

『行呀！我獨居。』

「在台中獨居嗎？」

『你是不是接著想問我那要不要一起打籃球？』

「Bingo。」

『那答案是不要。』

「怎麼你是怕看到我的長相會自卑嗎？哇哈哈～～」

『你的妄想症該去看個醫生了。』

「呿！死鴨子嘴硬。」

我覺得男人眞是犯賤，當對方越是拒絕時，卻往往越是想要得到；但怪就怪在對方非但不是那種令人垂涎三尺的美女，甚至還是個專跟自己過不去的男人?!

我想這傢伙說得沒錯，我懷疑現在我失調的不只是我的內分泌，甚至還包括了我的精神，因爲我居然開始慢慢地寧願晚上待在家裡上網和這傢伙窮哈啦閒扯淡、空虛的玩著旋轉泡泡球，也不願意和顏瑋良那夥賴子出去夜唱夜喝夜遊夜把；他們一直質疑我是不是偷偷交了女朋友不讓他們知道？這眞是教我百口莫辯卻又不知該從何說起。

該怎麼解釋我和這傢伙的關係呢？只是普通的網友？但爲什麼有很多對顏大頭那群

賴子們說不出口的感受卻能輕鬆的告訴這個未曾謀面的ID呢？

爲什麼在這個陌生的ID面前我反而比較自在呢？只是因爲透過網路所以無須設防的關係嗎？

我不知道哪裡有網路勒戒所，但我知道顏大頭這傢伙倒是自作主張的當起了我的主治醫生，只不過這傢伙想當的甚至還包括了我的戀愛主治醫生，或者應該說是媒人。

『大隻呀！你又要回家了哦？』

「對呀，沒事做當然嘛回家。」

『又上網？』

「沒呀，我會先看完電視再上網，因爲有個網友說我長得眞的很像那個鳳梨頭，哈～～」

『還有個網友咧！你不就那一百零一個網友而已。』

「對啦對啦！而且還是公的啦，怎樣？」

『這樣不行啦！你的社交生活越來越貧乏不說，而且搞不好……』

「搞不好什麼？」

『搞不好對方以爲你是同性戀咧！你幾乎每個晚上都和那傢伙泡在網路上聊天不是？』

「我們又不是只聊天而已，還有玩旋轉泡泡球好不好。」

而且我知道我不是Gay好嗎？就算我不知道我其實是Gay好了！我也沒可能會蠢到去愛上一個連面都沒見過的陌生ID好嗎？更別提還是嘴巴和脾氣都不太好的那種。

『這樣吧！我幫你介紹女朋友好了。』

「還眞的咧。」

『當然嘛眞的，性取向一直被懷疑的滋味也不好過吧？』

嘖！這倒是。

『你說說看喜歡什麼樣的女生吧！我看看手邊有沒有合適的貨色。』

「還合適的貨色咧！你小心被女性主義者聽了之後先活剝再生吞。」

『不要再機車了、大隻！再這樣下去的話我看你很可能會是落得孤獨終老坐搖椅，並且就是連養的狗都不想理你的淒涼晚景。』

少跟我搞激將法這一招，因爲我生平最招架不住的就是激將法！

「其實很簡單，我喜歡三有的女生。」

『哪三有？』

「有錢，有外表，有智慧。」

這麼一來顏大頭這狗東西就該接著說：你先回家撒泡尿照照鏡子吧你。但是結果他沒有，這傢伙反而嚇死我了的接著說：

『這麼巧，我手邊剛好有這種貨。』

「眞的假的？唬弄我的吧？」

『眞的啦！是個出版社的編輯，長了一張看不出年紀的娃娃臉，而且是很甜的那種，穿著打扮你絕對會滿意，因爲完全就是從雜誌裡照抄出來的，哈～～』

「這麼正？」

『正翻天。』

「哎！這麼正的人哪會看上我？只要是人、不管公的母的醜的美的，永遠都會想挑比自己條件好的另一半啦。」

『你條件不錯呀。』

「但我只是個伸手牌的學生呀！又沒錢，連車也是要趁爸爸不用時才能開出來，而且還不太會路邊停車，還有機械式的停車位也超害怕。」

『算不錯了啦你！中產階級的獨生子！那至於外表也是有啦！眞的是個帥哥啦大隻！雖然是內分泌失調的那種，哈～～』

「喂！」

『那至於智慧的話我則可以很肯定的說是缺乏的，哈～～』

嘖！這王八蛋。

第四章

本來我以爲那天顏大頭只是隨便找話聊聊而已，結果沒想到他竟然是當眞的，因爲隔天他又再度提了一次：

『考慮得怎麼樣呀大隻？』

「什麼考慮得怎麼樣？」

『三有的那個貨呀！』

「哎～～沒希望的啦。」

『話可別說得這麼早，而且我告訴你有多巧。』

「有多巧？」

『那個貨呀、她開出來的條件剛好和你符合耶！』

「少來了你！被你這張王水嘴巴一形容、我肯定是馬上被列爲拒絕往來戶的貨底。」

『我知道呀！所以我沒形容，直接拿照片給她看。』

「吭？」

什麼時候這傢伙趁我不注意偷幹了我的照片而且還拿去當相親照！

『結果你知道她看了之後什麼反應嗎？』

「說我長得很帥？」

『是沒這麼直接啦！不過她看了之後說你感覺很像她以前喜歡過的一個男生。』

「哦？」

『哎呀！別機機車車的啦、大隻！先把你的MSN帳號給我，你們先從網路上面聊聊看對不對味再說。』

於是我就把MSN的帳號抄給顏瑋良了，一邊抄寫著一邊忍不住我好奇的問：

「爲什麼要從網路上聊呀？她聲音很難聽嗎？」

『不是啦！因爲她人在台北？怎麼你要直接打電話給她嗎？』

「不是你同學哦？」

『不是，而且是我姐。』

「喂！」

『放心啦！才二十三歲而已，又沒大我們多少。』

「你連自己姐姐也要陰哦？」

『就是自己姐姐才好陰嘿嘿！我的球鞋到手囉！順道一提，她叫顏瑋眞。哇哈哈～～』

顏大頭迅速地拿走寫有我MSN帳號的紙條跑開，看著他喜悅的背影，我幾乎可以想像下次這狗東西穿著他物色很久的那雙NIKE球鞋在我面前神氣活現的屎樣了。

回家，上網，本來看到這個新ID邀請我加入她的聯絡人時，我是很想點選拒絕的，但是不知道爲什麼，我還是點選了接受。

二十三歲……

剛好和那傢伙同年！不知道會不會剛好是那傢伙呢？當然我也知道這是完全性沒可能的。

首先，性別就不一樣呀！並且，除了那傢伙的暱稱是「下雨天」之外，我實在是對他一無所知呀！

這麼說對嗎？

『瑋良的同學？』

視窗跳出，我呆呆地望著左上方的照片，確實就如同顏瑋良形容的那樣，小巧可愛，並且長了一副看不出年紀的娃娃臉。

『在嗎？』

「在。」

『這照片是你現在的樣子？』

「嗯。」

『哇！眞是男大十八變耶！我印象中你還是個粉嫩嫩的小胖子耶！』

嘖！什麼叫作粉嫩嫩的小胖子嘛！確實是顏瑋良的姐姐沒錯，喝同一家王水長大的。

『妳看過我哦？』

『對呀！有次你來我們家時我剛好要出門，匆匆一瞥而已。』

說來還眞是感傷，我給人匆匆一瞥的印象居然就是個粉嫩嫩的小胖子？哎～～

『嘿！爲什麼瑋良都叫你作大隻呀？是因爲那裡的關係嗎？』

「什麼那裡呀？」

『就那裡呀、你知道，輸尿管那附近……』

嘖！這女人是在亂想什麼？

『因爲瑋良頭很大所以你們叫他作大頭，那麼同理可證，你？』

我個頭啦！

我趕緊解釋：

「因爲我以前很胖但是臉卻奇怪的小，以至於人看起來很大一隻，所以他們才叫我大隻。」

『爲什麼變瘦？』

「因爲我的內分泌失調。」

『哈！你這個人眞單純耶。』

「？」

『很好套話。』

她該不會是誤會我的回答就代表了我的那裡並不大隻吧！嘖……可別把人給瞧扁了！

『那是什麼情形？內分泌失調。』

「就內分泌失調呀。」

接著她傳來個笑臉，我想那大概是我們談話冷場的證明。

『嘿！我要下班了，下次再找你聊好嗎？』

「妳現在才下班？」

我瞥了一眼螢幕右下角，她工作的時間未免也太久了吧？

『是呀！See you next time，BYE。』

「81。」

把MSN改爲忙碌的狀態我掛在網上，接著離開電腦我跑到客廳去看電視，播完之後我洗了個澡然後出門吃宵夜，再回到電腦前時果眞那傢伙正巧上線。

立刻我就傳了邀請他玩旋轉泡泡球的訊息過去，這傢伙在按了接受之後，很滿意似的說：

我們眞是越來越好默契了！哈～～

『很周到嘛！知道我要玩旋轉泡泡球。』

「少臭美了你，那是因爲我自己也想玩而已。」

「你也愛上旋轉泡泡球囉？」

『嗯。』

其實我說謊，我還是覺得這東西很無聊，眞想玩點什麼的話，我會選擇玩線上遊戲，或者乾脆出去打球，我其實只是很單純的喜歡和他一邊聊天一邊玩旋轉泡泡球的感覺，這樣而已。

「不過你爲什麼那麼愛旋轉泡泡球呀？不嫌太單調了嗎？」

『我就是喜歡它單調呀。』

「爲什麼？」

『這樣才能讓我的腦子空白下來。』

「怎麼？你的腦子很彩色嗎？」

『這麼說也對啦！老是亂糟糟的淨想些討厭的事情。』

「那是因爲你太閒了吧無業遊民。」
『或許是。』
「不過你這樣也眞了不起。」
『這是挖苦嗎？』
「不是啦！只是突然想到有個朋友的女朋友，也是整天沒事做、所以就把重心都放在我朋友身上，光用想像的就覺得吃不消了。」
『就是呀。』
「而且你知道嗎？我那朋友居然發神經要替我介紹女朋友。」
『爲什麼替你介紹女朋友就是發神經？因爲你有病嗎？哈！』
「喂！」
『對不起我失言了，不應該當著神經病的面說他是神經病的，哈！』
對啦！只不過我可不是他戲稱的神經病，我是內分泌失調。
『你不喜歡別人給你介紹女朋友？』
「也不是！就是會覺得怪怪的。」
『還是說，你希望別人給你介紹男朋友？』
「喂！」

『哈～～開玩笑的啦。』
「……」
『對方怎麼樣？』
「照片上看起來是不賴。」
『那幹嘛不試試？』
「不曉得耶！可能是一個人自由慣了吧。」
『你不想交女朋友哦？』
「嗯，現在確實是不太想，總覺得一個人也滿好的，不用擔心遇到的人是個睡覺會打呼而且還流口水的人。」
『一個人是不錯啦！不過等到分手之後你就會開始懷念起對方的打呼和口水了，然後你就會開始看自己的枕頭棉被不爽。』
「你是在講你自己哦？」
『隨你怎麼說。』
原來是和女朋友的感情出現問題？
「而且一個人自由自在的多好，不用被對方管東管西的。」
『不被拘束是很好啦！不過等到分手之後你就會開始痛恨自由，你甚至會懷念起半夜突然被按門鈴而且連電話也沒先打一聲的時光。』

「並不會。」

『你沒愛過對不對？』

不知道爲什麼，當我看到這幾個字的時候，我突然覺得整個人受到了很大的震撼，我甚至好像認眞的生起氣來了。

「我就是愛過了才這樣。」

我實在也不願意，但我的情緒就是無法自已的激動了起來。

『那不算愛，眞正的愛是能夠天長地久的，像我說的那樣，就算是看透了對方的缺點，也依舊愛。』

「你相信天長地久的愛情嗎？我不相信。」

『我不相信愛情能天長地久，但我相信我一輩子只愛那個人。』

「人的一生有那麼長，你哪來那麼大的把握？」

『我不在乎別人相不相信，但我就是有把握，而且我知道，我不會再對別人動心了。』

坦白說，我竟有種被打敗了的挫折感。

「她是你的初戀嗎？」

『並不是。』

「那爲什麼你那麼有把握？」
『因爲我第一眼看到她就知道她是我的百分百女孩了。』
「還百分百女孩咧！感覺眞像是從小說裡面抄下來的台詞一樣，眞芭樂。」
『隨你怎麼說，不過實際情形就是這樣沒錯。』

氣氛有點僵，沒辦法我只好試著換個話題：
「你對她一見鍾情哦？」
『而且她算是我最花力氣去追的女生。』
「原來。」
『什麼原來？』
「得來不易所以才會更加珍惜吧！」
『並不是。』
「那麼是？」
『她和我以前交往過的女生完全不一樣，特別。』
「怎麼個特別法？」
『很難形容。你要不要看她的照片？』
「好呀。」

接著這傢伙按了傳送檔案，等到接收完畢之後，映入我眼簾的，是一張兩人笑得好開心的照片；照片裡的陽光很好，他們的笑容很好，我不得不承認，那確實是一個容易讓人一見鍾情的女孩，而他們是那麼相稱的一對。

「多久前的照片？」

『兩年前了吧！她現在變成短髮囉！』

「她長頭髮很好看，幹嘛要剪短？」

『因爲要和我來個情侶頭呀！哈！』

我試著把這傢伙的髮型想像到這女孩頭上，不過不知怎麼的、就是很難想像。

『而且她說，等到她的頭髮留回原來的長度時，就是要告別某些東西的時候了。』

不知道爲什麼，當我看到他傳來這段文字時，我突然有一種很奇怪的感覺，而那奇怪的預感一直停留在我心底的最深處、始終不曾褪去，一直到我最後終於見到了本人的他時，才終於明白、明白了什麼。

二〇〇四。秋

第五章

做了一個奇怪的夢，我夢見那個下雨天變成一個天使的模樣飛進我的窗口，更奇怪的是，這個天使模樣的下雨天竟然是個女生！最奇怪的是，這個女生模樣的下雨天竟然還是他女朋友的模樣！

這個天使模樣的女生飛進窗口貼近我的耳朵，問：

『欸！你愛不愛我呀？』

「廢話！要不你以爲我每天晚上吃飽了撐著耗在電腦前幹嘛？」

『欸！別愛我呀！』

「爲什麼？」

『因爲我是男生呀！』

「男生？」

我睜開眼睛看他，果眞就是照片中那個下雨天的模樣！

嚇得我整個人差點摔下床去！

但爲什麼我接著該做的事情不是把這個奇怪的夢給忘記，然後躲回棉被裡繼續睡我的大頭覺，卻是神經兮兮的打開電腦連線上MSN呢？

登入了MSN之後，出現在我眼前的是三個小紅人的排列。也是，在這種凌晨時刻、就算是作息如他那麼不正常的人，大半也是正睡著的吧！

不知道爲什麼，什麼事也不做、就是呆呆地盯著這三個小紅人看的我，突然覺得非常的寂寞。

寂寞。

我看著螢幕上這三個小紅人，突然覺得好像每個小紅人的背後都是寂寞，然後我開始異想天開，想去找個帳號就叫作寂寞的ID，我想問問他，該拿它怎麼辦，這寂寞？

經過了三分鐘之後，僵硬的肩膀開始抗議我這無聊舉動，於是我起身，爲自己煮了杯咖啡，看著咖啡機冒出縷縷的白煙時，我開始像個奇怪的怪老頭似的自言自語道：

「哎！去睡覺吧！不行呀！書多久沒念啦？多久沒做仰臥起坐了？也不看看那四塊腹肌已經合而爲一了！還是認眞的找個女朋友定下來吧？再這樣自言自語下去不行呀！要是被別人看見了豈不被當成神經病？可是嘴巴闔不上怎麼辦？這樣吧，找個膠帶吧！把它貼起來不就成了？」

當我打開抽屜正準備拿出膠帶時，終於被自己怪異的行爲給嚇了一跳！

所以我重重的打了自己一個巴掌，然後一口氣喝下那杯燙口的黑咖啡，當眼角滴出一滴受到刺激而滑出的眼淚時，電腦忽然發出了有人登入的聲響——

下雨天?!

「不是吧？你這麼早起哦？怎麼是要出門到公園練氣功嗎？噗哧！」

『最好是啦！還練氣功咧。』

「失眠到現在哦？」

『嗯。』

他一邊這麼表示著，一邊傳來了想玩旋轉泡泡球的訊息。

不知道爲什麼，當我望著這個熟悉的訊息時，我突然又想起了方才那個奇怪的夢，我突然覺得有那麼一點的惱火，因爲這傢伙不只闖入了我的電腦、如今甚至還闖入了我的大腦我的夢境或許還有我的潛意識；在某種程度上我是那麼樣地爲著他的存在而困擾著，但結果現在他卻還一副事不關己的姿態、只想玩他媽的旋轉泡泡球？

這是認識下雨天以來的第一次，我選擇了拒絕。

『你要下線了也沒關係，幫我按個接受先。』

「我就是拒絕。」

『？』

「我不想一直只跟你玩這個蠢遊戲。」

『你是來月經哦？怪怪的。』

「問你一個問題，你最近一次開口說話是什麼時候的事情？」

『太久了，想不起來。』

「給我你的手機號碼，我打電話給你。」

『幹嘛？難不成你以爲清晨時刻合適談心不成？』

「陪你說話呀。」

『不要呀。』

「爲什麼不要？」

『我就是不想開口說話。』

「你這樣下去不行啦。」

『你才這樣下去不行咧。』

「什麼意思？」

『你知道我什麼意思。』

「什麼意思？」

『我要去睡覺了。』

「什麼意思？」

他還是不回答我這話什麼意思，他索性就直接下線了。

跟著也關了電腦、我重新躺回床上卻怎麼也了無睡意的淨是盯著天花板胡思亂想。

——你這樣下去不行啦。

——你才這樣下去不行咧。

——什麼意思？

——你知道我什麼意思。

他知道我知道他什麼意思？

哎～～煩死我。

本來我一直以為ELVA是我見過最不負責任的人，但是自從這個下雨天出現之後，我才知道原來我錯得厲害。

自從那次清晨之後、下雨天始終沒再上線過，他還是堅持玩他一個人的捉迷藏，也不在乎我每天乖乖上線等他找罵，不、是等他一起玩旋轉泡泡球。

他一直不知道這個他口中聲稱——隨便試的——而找上的ID每天都活在自己嚇自己的狀態裡，我甚至有時候會躲到書局的角落裡，手裡拿著一本清涼寫眞集而裡頭藏的是有關同志的書籍，不過我相信這只是徒勞無功吧！因爲我到底不愛男人，只是太想念那個囂張的怪傢伙而已！

那個見也沒見過面的下雨天。

他爲什麼叫下雨天？他本名是什麼？他爲什麼不工作也不上學？他爲什麼失眠成疾？他——

他是不可能看上我的，我是痴人做夢，因爲就算我這個路人甲也能輕易看得出來下雨天有多愛他的女朋友。

一直等不到下雨天的出現，漸漸的我也失去了上網的力氣，也不知道爲什麼我整個人竟會消沉到連顏大頭打來找我的電話都沒力氣接起，直到他乾脆親自上門來找人、發現我一個人坐在電視前面看《春光乍洩》的DVD爲止。

『你在看電視哦？幹什麼手機也不接？』

「因爲我在看電視。」

『看什麼這麼入迷？小澤圓最新的愛情動作片？哈！』

「春光乍洩。」

『Excuse me？』

「我想先參考一下。」

他嚴肅下來了：

『大隻……』

「等一下還準備去電影院看《藍宇》上檔了沒有，你要陪我去嗎？」

他更嚴肅了：

『我得說你眞的嚇到我了、大隻。』

「而且我這幾天打算想好怎麼說的話就開口向我爸媽請求原諒了。」

『……』

眞是不知道該高興還是該難過，第一次、我竟能把顏大頭弄到無言以對。

『夠了哦大隻！我看你只是感情空白太久並且寂寞過了頭再加上一連串的遇人不淑所以才會開始連自己也質疑自己的性取向了。你是個愛女人的男人，相信我這點吧、大隻。』

「可是顏瑋良，如果到頭來我發現自己眞是個同志的話，你還願意和我繼續做朋友嗎？」

『願意呀！而且我會常常提醒你把屁股洗乾淨一點的，並且生日的時候我不會忘記送你一箱潤滑液當禮物的，怎麼樣、有實用的貼心禮物哦？』

「光用想像的就覺得怪怪的……好啦好啦！我知道我不是同性戀啦。」

『嘿嘿～～』

媽的當我發現顏大頭正在掩嘴偷笑時才明白原來又是中了他的圈套。

「好啦！這麼急著找我什麼目的？如果是想要炫耀你的新球鞋的話，那你的目的已經達到了。」

『哎呀！講這樣、眞傷感情，不過我說這個……大隻呀！你這週末有事嗎？』

「幹嘛？」

『要不要來我家吃個飯看個片這類的？』

「我有沒有聽錯？眞難得你馬子週末會放你自由耶。」

『對呀！雖然只有一個下午的自由……』他悶悶的說：『喂！要不要啦到底！每次都這麼機機車車的扯東扯西沒重點。』

「那重點是到底要幹嘛？想分享你新下載的愛情動作片哦？你知道、我是比較習慣獨處看片的那種個性，畢竟有些事情你知道……還是獨處時比較自在。」

『不是啦！這週末我姐會回家。』

原來如此。

「喂！一雙新球鞋還不夠哦！」

『講這樣……還是我們三個人出去吃飯？好久沒吃點什麼好料理了，哈！』

「問題並不在於去哪吃啥好不好！」

『那問題是什麼？』

「很怪呀！搞得像是相親一樣，我才幾歲耶！」

然後他就立刻翻臉了：

『怎麼你覺得我姐的條件不好嗎？配不上你是不是？你幹嘛不去死！』

是有戀姐情結嗎這傢伙？

「不是啦！我們只是單純的聊不來而已啦！那叫作什麼……頻率不對是嗎？這樣到時候見了面吃飯冷場的話大家都不開心吧？何必搞得氣氛那麼僵呢？你說是吧？」

『我說不是。』

「喂！你這樣很像是在霸王硬上弓耶。」

『我管你怎麼說！反正你星期六敢晃點我的話、我們朋友就到這裡了，你聽懂了沒有！』

「但問題是，這會不會其實是你一廂情願的配對？」

『什麼意思你給我說清楚！』

「吼！我是說、會不會其實你姐也並不想見我呀？就你一個人在那裡一頭熱而已。」

『並不會。』

「你又知道了咧？你問過她了嗎？」

『沒錯，而且這還是她的提議。』

爲什麼？

爲什麼我當晚就重新登入了MSN，並且主動傳了訊息給她？只不過我傳的訊息是邀請她一起玩旋轉泡泡球。

『你也愛玩旋轉泡泡球呀？』

按了接受之後，她問。

「也？」

『是呀！也，我有個朋友也特愛玩旋轉泡泡球的。』

不會剛好就是那個下雨天吧？

「唔……男的女的？」

會這麼巧嗎？

『女的，是我同學，兼最好的朋友。』

「哦。」

就知道沒可能這麼巧的。算了，還是直接進入主題要緊：

「我在想哦、妳眞的想見我嗎？如果到時候我們沒話聊就低頭猛吃飯或者發呆看窗外的話，那不是很尷尬嗎？」

『你很可愛。』

「？」

『你是不是給自己設限太多了？』

「？？」

『我的意思是，你是不是把這次見面看成是相親一樣的設限自己？所以搞得自己壓力很大？』

「唔……」

『我是覺得呀、雖然一開始瑋良的用意是想媒合我們沒錯，但那並不代表我們就得以交往爲前提呀。』

「唔……」

『就很單純的當作是認識個新朋友、一起吃個飯，這樣而已，不好嗎？』

「唔……」

『還是你朋友多到連一個也塞不下？』

然後我就被她說服了。

果眞是親姐弟沒錯，總是幾句話就打消了我原來的念頭並且還牽著我的鼻子走。

哎～～

第六章

我們永遠無法知道人生在什麼時候會進入急轉彎，這是我和瑋良的姐姐見面之後的最大領悟。

那天我們約定好了在美術館附近五權西二街上一家叫作是《一生》的餐廳午餐，這是一家外表相當吸引人的深色建築物，裡頭的裝潢、氣氛相當合適情人間的初次約會，在這種地方就算等待你也不會覺得無聊，因爲賞心悅目。

只是話說回來、一個人對著這座賞心悅目的建築物等待了兩個鐘頭之久，我相信就算是脾氣再好的人也是會抓狂的。

例如說我。

媽的顏大頭那個狗東西一早就來電撂下狠話說下午一點見面，並且我膽敢晃點或是遲到的話，他會用盡辦法讓我從大隻變成小隻。

而根據我對那傢伙側面的觀察以及正面的了解，這種事情他絕對是做得出來的，於是我一點整就來到了這個地方，並且在外面這條合適散步的綠園道上、當作自己是男偶像明星在拍MV似的、散了一小時左右的步，接著因爲腿眞他媽的走得瘆死人、所以就停下來和草皮上的狗狗們聊了一個鐘頭左右關於內分泌失調這類的話題之後，在差不多快被路人當成神經病報警處理時，顏大頭那個狗東西才終於來電話說他們已經到了眞不好意思小小遲到了一下、怎麼我不會先到裡頭等嗎？害他還要浪費手機錢打電話給我。靠。

『在二樓靠窗的搖椅座位哦。』

狗東西最後這麼說，然後就愉快的把電話給掛了。

二樓靠窗的搖椅座位——

當我發現顏家姐弟並且走近時，正好撞見他們點好了餐並且沒良心的討論道餓死了不要等那衰蛋了吧先叫服務生上菜……

「顏瑋良！」

我喊了顏大頭然後在他身邊坐下，禮貌性的對顏家姐姐笑著打招呼之後，在三秒鐘的時間裡就選擇好了我的午餐——本來的午餐、現在的下午茶。

「一樣。」

我說。

我實在是他媽的也餓死了！就算他們點的是烏龜全餐我想我也會認了。

『這是大隻，這是我美麗的姐姐。』

狗腿瓜顏大頭如此替我們介紹道，於是我們只得再度相視而笑一下。

顏家姐姐的本人看來就如同照片上那樣，長著一張看不出年紀的娃娃臉，可能是因爲坐著的關係，她感覺上並不如我想像中的那樣嬌小；並且她化了精緻的淡妝，果眞就像顏大頭形容過的那樣、活脫脫像是從雜誌上直接走下來的人一般。

『覺得我們長得像嗎？』

顏家姐姐首先開了話題。

「像是實驗組和對照組。」

結果我這麼回答，而顏家兩姐弟同時很是不解的看著我。

於是我只得再補充說明：

「感覺像是顏媽媽在生小孩時，因爲想要實驗對照一下，所以就把好的基因生給姐姐，而至於弟弟就……」

『你很冷。』

顏瑋良說，並且還來陰的偷偷在桌子底下踹了我一腳以示不滿，但至於顏家姐姐則是開開心心的笑著。

我得承認那眞是一種會給人帶來好感的美好笑容。

不知道是不是放鬆了的關係，此刻的我才想到了等待時的口乾舌燥，於是拿起了桌上陶製的深色水杯喝了一口水。

「怎麼酸酸的？」

『很好喝哦！我是那種一天下來喝不到一杯水的人哦，不過在他們這裡我倒是能喝上一缸子的水呢。』

顏瑋良的姐姐說。

「是不是加了梅子粉？」

『不曉得欸！每次都想問但每次卻都又忘記。』

接著我們小小的聊了一下關於這水到底是加了什麼東西怎麼會好喝成這樣的話題之後，顏家姐姐就問了一個讓我感覺到相當錯愕的問題：你還是處男嗎？

當然這是開玩笑的，而且好像還不是很好笑的感覺，好吧我道歉，我的幽默不是很容易被了解。

她問的是：

『介意我抽根菸嗎？』

「不介意呀。」

坦白說我介意得要命，因爲我很討厭菸味。

當我看著顏家姐姐從背包裡拿出白綠相間的菸盒抽出一根香菸，然後熟練的點火、很滿足似的抽了起來時，腦子裡突然想到有一次我從雜誌上看到有位日劇女明星本人其實是個癮君子的報導時、有著相同的惋惜。

因爲現在，我彷彿看到了她在我面前抽菸。

我想那大概是因爲她長得還眞是滿像那位日劇女明星的，不過是還長頭髮時的她就是了。

不知道爲什麼，當我看著她的長頭髮時，腦子裡突然又想起了下雨天的女朋友——嘖！不行不行！這樣不行！可不能再想他了。

『我很喜歡這裡的椅子哦。』

將菸捻熄之後，顏家姐姐說，同時以一種有點意味深長的眼神望著我，我不知道那眼神代表著什麼。

「滿特別的椅子。」

我客套的搭腔，但其實我不太習慣這種垂吊式的搖椅，如果我還是胖子的話、我一定會坐得超級沒有安全感，還有重點是：坐在這樣子搖來搖去的椅子怎麼用餐呢？

『是呀！以前我常和朋友來這裡吃下午茶，兩個人各坐著一張沙發吊椅，舒舒服服的聊生活呀聊未來的。』

回過神來，顏家姐姐還在自顧著說。

「男朋友？」

『不是，是最好的朋友，我們兩個還約定好了要一起養老呢。』

「養老？」

『嗯嗯，我們約定好老了就一起買層公寓相互陪伴，什麼樣的公寓在哪裡都沒有所謂，但重點是要有兩張這樣的沙發吊椅，你想想、兩個老太婆各自窩在自己的沙發吊椅上、敷著老臉抖著老手抽菸打毛線聊往事的，那畫面一定很好玩，呵。』

『對啦對啦！然後肚子餓了就打電話叫顏小弟給妳們送飯去啦！對不對？』

『還顏小弟咧！你那時候可也變成顏阿公囉。』

「那老公怎麼辦？妳們都不準備嫁人哦？」

『因爲那時候我們兩個都失戀哪！有種搞不好一輩子都嫁不出去了的感覺，可能會一輩子都這麼孤單下去了吧！所以就想呀不如兩個老太婆互相陪伴彼此的孤單吧！不錯呀這樣，我們甚至還打算湊滿四個老太婆咧！因爲這樣還可以打麻將，哈！』

『那到時候我去給妳們送飯時還可以順便插個花囉？』

『沒問題。』

「不會啦！妳不要眼光那麼高的話，絕對嫁得出去的啦。」

『我眼光又不高，我只是老遇到錯的人而已好唄。』

「什麼樣錯的人？」

『像她那樣錯的人呀！』

顏瑋良不要命了似的說。

『喂！』

顏家姐姐笑著瞪他一眼，又燃起一根香菸，很專心的抽完之後，才繼續又說：

『也不知道是什麼問題，我過去的每段感情都應該算是很順利吧！對方都是條件不錯的人喏！但是不知道為什麼，每當我們進入穩定的階段時，我就會突然覺得好想逃走耶！有時候醒來會搞不懂為什麼這個人會牽著我的手呢？我真的愛他嗎？其實並沒有吧……諸如此類的重複著。』

「然後妳就提出分手？」

『沒錯。』

『我有個朋友也是這樣。』

顏瑋良接著說。

『他每次一鎖定目標就會很積極的追求對方，但是等到對方動心了、快到手了之後，他卻又莫名其妙的冷淡了、想逃了。』

『所謂的有個朋友該不會就是這位同學吧？』

顏家姐姐帶著笑問顏大頭、而眼神卻是望著我，我只得快快的澄清：

「才不是咧。」

而顏大頭則是樂得快快落井下石：

『他是被莫名其妙冷淡了不要了的那一方啦！哇哈哈～～』

「你去死。」

當我說這句話的同時，三份已經死掉了並且煎得只有五分多一點熟的牛排（早知道我就多餓一會兒自己點餐、也不願吃這五分多一點熟的死不瞑目牛排）被送上桌，跟著他們兩姐弟專心的吃牛排時，我發現眼前這女孩好像做什麼事情都很專心似的，她專心的只抽菸、專心的只進食、專心的只說話……還有，專心的想著只有她自己知道的心事。

空盤子收下，等到咖啡上桌時，連我自己都覺得奇怪的是，我居然想繼續方才的話題，因為我不由自主的說：

「會不會只是因爲習慣了不被愛著的狀態？」

『嗯？』

「剛才顏瑋良說的那個朋友，會不會只是單純的習慣了不被愛，所以一旦感覺到被愛上時，就習慣性的想要放棄、逃跑，繼續再追求下一個目標？」

『這理論用在我身上好像也合適哦。』

她說。

『不會啦。』

瑋良才想再說些什麼時，手機卻正好響起。

「馬子Call哦？」

『對呀！我該走了。』

『把女朋友稱之為馬子很沒禮貌哦。』

『聽到了沒大隻！下次不要再這麼不尊重女生了，哈！』

顏瑋良很不負責任的把我們兩個人對於馬子這個慣稱的壞習慣撇得一乾二淨全部怪罪於我之後，就拍拍屁股走人，甚至我懷疑他在經過我面前時還偷偷放了個屁陰我。

因為我已經不只一次這樣被他陰過了。

『我覺得叫老大的感覺很好。』

突然的她又說，當我很認真的思考著剛才顏瑋良到底有沒有放屁陰我時。

「什麼老大？」

『把女朋友暱稱為老大呀！感覺很好。』

唔……果真是個大女人主義者。

『我遇過一個男生，他總是管我叫作老大哦。』
「某個被妳莫名其妙甩掉的前男友嗎？」
『不是，那個人從來沒有愛過我。』
「所以妳一直還愛他？」
說錯話了我！因爲氣氛變得有點僵，我只得像是個面壁思過的小孩那樣，拿起其實已經空了的咖啡杯假裝喝咖啡；而且我得說用嘴巴喝空氣的感覺眞差，特別是還不確定剛才到底顏瑋良經過我面前時到底有沒有偷放屁陰我！
最後還是她打破沉默，說：
『你等一下有事嗎？』
「沒呀。」
『帶你去個好地方要不要？』
好地方？Motel嗎？糟了個糕！我的四塊腹肌早就已經合而爲一……
很顯然的、我實在是想太多了，因爲她接著說：
『是個很特別的咖啡館哦。』
捉起帳單，她最後又說：
『是我們最自己的地方。』

第七章

咖啡館。

神祕的咖啡館。

神祕到我在台中混了二十個年頭又幾個月也不知道有這麼一家咖啡館存在的神祕咖啡館。

它是在某個隱密巷子裡一間不起眼的小咖啡館，它不起眼的程度到了搞不好來回經過它二十次，才發現已經錯過它二十次了；它並且就是連店的招牌也沒有，如果不是因爲顏家姐姐帶路的話，大概我會以爲那只是一戶飄著咖啡香的尋常住家吧。

它的大門像是要配合它的不起眼似的，設計得相當低矮，我跟在顏家姐姐身後推開木頭的大門低頭走進去（不過她倒是連頭也不用低的就可以很方便的出入）。

視線所及的是一個極專業的吧台，上面架滿了各式專業的酒杯及咖啡杯，裡頭還有一台大得過分的咖啡機以及另外一台相較之下顯得太小的虹吸式咖啡爐，吧台前來自世界各地的咖啡豆雜亂地隨意堆放著，裡頭站著一個表情很明顯不太想理人的女人，看起來是有點年紀但卻又看不出年紀，大概是這間店的主人吧！

她穿了一身的黑，臉色卻異常的蒼白，左手食指和中指夾著一根細長的香菸，卻沒有想要抽的意思；她身後是一個種類齊全的酒架，或許晚上還兼著賣酒吧！不，或許白天也賣，可能這得問顏家姐姐才行。不過怕問了被她誤會我有啥壞念頭，所以我選擇不問，畢竟我的四塊腹肌還在玩大風吹之中。

這個過分招搖的專業吧台佔去了咖啡館一半以上的空間，剩下的是總計不過五、六張的桌子，就算生意冷清看來也像客滿，但我想這應該不是它之所以這樣狹窄的用意。

我跟在顏家姐姐的身後挑了最角落兩人座的桌子坐下，因爲整家店裡面也只有兩人座的桌子。

我怯生生的環顧其他客人，發現除了我之外幾乎人手一根香菸，這使得不是抽菸者的我顯得格格不入，但不知道爲什麼，我發現我並不討厭這裡。

有點超現實的味道，我這樣覺得。

『兩杯熱的卡布奇諾。』

坐定之後顏家姐姐轉頭對很酷的老闆娘說，她聽了之後頭也不抬的僅是嗯了一聲，然後捻熄了菸，開始動手煮咖啡，在這時候店裡的其他客人懶洋洋的望向吧台一眼，隨即又面無表情的轉過頭逕自抽菸，以及發呆。

這樣不愛搭理人的老闆娘，卻性格得好像她本來就應該這個樣子的姿態。

如果進門時她說的不是歡迎而是滾蛋、結帳時她說的不是謝謝光臨而是幹嘛要來，我想我也不會覺得奇怪。

好安靜的咖啡館。

像是全身放鬆了似的，我此時才發現這點。

音響裡放送著不知道是哪個年代的西洋老歌，以一種孤獨的姿態獨自在這狹小的空間裡唱著，除此之外幾乎就再也沒有別的聲音了。

不想理人的老闆娘自然是安靜的沒錯，但店裡的客人卻好像約好了似的，無不是發呆著抽菸，或者閱讀，就算是有交談的人，音量也是極微小的；我忍不住想看看店內是不是張貼禁止喧嘩的標語，但是結果並沒有；沒有禁止喧嘩的標語，也沒有任何可供閱讀的書報雜誌，坦白說眞是不合適初相識的兩個人來到。

——是我們最自己的地方。

我又想起了方才離開《一生》時，她最後說的這句話。

眞正來到這裡之後，我想我大概明白她的意思。
『很不賴的地方吧？』
燃起一根香菸並且照例是專心的把它抽完之後，顏家姐姐開口說。
「嗯，挺特別的。」
『不過眞可惜，本來我以爲可以遇見她的。』
「誰？」
『我最好的朋友，我們以前常一起蹺課來這裡泡一整個下午的。』
「那個妳們約好要一起養老坐搖椅還叫顏大頭給妳們送飯吃的朋友？」
『Bingo。』
「不過在這裡可以泡一整個下午？」
我拍了拍木頭製的桌椅，坦白說才坐定五分鐘不到的時間我就覺得屁股痛到像是瞬間長了痔瘡。
『對呀！很不可思議吧？我們都這樣覺得，並不是最好的地方呀坦白說，椅子不怎麼好坐、咖啡不怎麼便宜、老闆娘也不怎麼友善，說話要小小聲的、連笑也不敢太放肆，但搞不懂爲什麼就是會被它吸引。』
「是因爲咖啡吧？」
喝了一口冷漠老闆娘端來的熱呼呼卡布奇諾之後，我不由自主的如此說道。

『或許吧。』

她笑著回答，然後喝咖啡，照例是專心到不行的那種喝法；就算是她喝完之後接著拿出紙筆寫個什麼咖啡評語分析報導的，我想我也不會覺得奇怪。

——搞不懂為什麼就是會被它吸引。

不知道為什麼，在她低頭專心喝咖啡的當下，我突然又想起了下雨天的眞愛理論——我覺得眞愛是、就算你看透了對方的種種缺點，也、還依舊愛他，並且不放。

『在想誰？』

「啊？」

『你的這個表情，今天已經是第二次了，很像是正在思念著某人的表情。』

「沒有啦！只是突然想到一個很久不見的普通朋友而已。」

『該不會是都已經決定分手了還跑來騙走你初夜的前女友吧？』

媽的顏大頭那個大嘴巴！

「不是啦！是一個男的朋友。」

她聽了之後點點頭沒再說什麼，轉頭又向冷漠的老闆娘要了一杯熱卡布奇諾，接著繼續燃起一根香菸。

「妳菸癮好像很大哦？」

我小心翼翼的問，但結果她僅是不置可否的點點頭，依舊是堅守著不把菸給抽完就不開口說話的原則。

『但看不出來吧？』

把菸給捻熄之後，她才問。

「嗯？」

『如果不是因爲我在你面前抽菸的話，根本就看不出來我是個會抽菸的女生吧？』

「是呀。」

『我曾經遇到過一個男生，好可愛，他光是看我咖啡喝得兇就認爲我也會抽菸，什麼理論嘛到底！真搞不懂，我甚至沒在他面前抽過菸耶！』

「是因爲妳喜歡他吧？」

『什麼？』

「所以才會忍住不在他面前抽菸。」

『經你這麼一說、好像是哦。』

她笑了笑，又說：

『不過這並不代表我就不喜歡你哦。』

「嗯？」

『我很少會在初次見面的人面前抽菸，特別是感覺還不錯覺得搞不好可以交往的帥哥。』

她說，而我的心跳則因此而漏跳了整一拍。

「那？」

『你讓我有種可以放心做自己的自在感，我也不知道爲什麼，但我就是這麼感覺到。』

「是因爲我長得像那個男生嗎？」

『什麼？』

「顏瑋良說的，他告訴我、妳說我長得像妳暗戀過的一個男生。」

『那個大嘴巴，球鞋我非要回來不可！擺著沾灰塵我也高興。』

「贊成。」

然後我們都笑了，很開心的那種。

『眞是個充滿回憶的地方。』

沒頭沒腦的，她突然說道。

「什麼充滿回憶的地方？」

『這咖啡館，眞是充滿了回憶的地方，對我而言。』

「充滿蹺課的回憶嗎？」

『並不是好嗎。』

她突然害羞的笑了起來，坦白說在這個當下，我好像有點著迷了、她突然害羞了的表情。

『看過日本電影《情書》嗎？』

「嗯，好久以前囉，我那時候應該剛上國中沒多久吧。」

『眞討厭，這麼說來我那時候是剛上高中囉。』

「但妳說還是小學生的話也沒有人會懷疑的啦。」

她好像把我的話當成恭維似的、客客套套的微笑著，但其實我並不是恭維她，我是眞的這麼認爲著的。

『裡頭有一幕我印象好深刻哦。』

「女主角對著山頭喊著你好嗎我很好喊到跌倒，而且還把長得像熊的那個禿頭男給吵醒的那一幕嗎？」

『你很討厭耶！煞風景。』

她笑到扶著桌子，又著迷了、我。

不

妙

『是渡邊博子和豐川悅司坐在咖啡館裡商量著要不要去找女藤井樹的那幕。』

「嗯。」

『也是木頭製的桌椅和暗暗的燈光哦！眞巧。』

「然後呢？」

『然後豐川悅司很激動的對渡邊博子說——明明是我先認識妳的，是我先想追求妳的呀——那段。』

「然後呢？」

『然後豐川悅司很感傷的說，如果那時候他堅持著不退讓、堅持著不肯放的話，那麼……』

「那麼結果就不一樣了？」

『嗯。』

「然後呢？」

『然後他們就一起去了那山頭，喊著你好嗎我很好喊到跌倒，而且還把長得像熊的那個禿頭男給吵醒啦。』

這次換我扶著桌子笑了起來，但很顯然的、我的笑容並沒有她的迷人，因爲她沉默了有點久，接著卻說：

『然後我覺得我好像那個豐川悅司。』

「嗯？」

『明明是我先認識他的！先喜歡上他的！但結果卻是他們兩個人在一起了！卻變成那樣的結果……』

「那個妳暗戀的男生？」

『和我最好的朋友。』

「嗯。」

『然後你出現了。』

「還花了妳四千塊買球鞋給大嘴巴弟弟？」

又笑了，她，開開心心的，笑。

『所以，』清了清喉嚨，她說：『可以陪我NG重來嗎？』

「並且打死不介紹給妳那最好的朋友認識？」

『如果可以的話，我眞希望介紹你們也認識。』

「爲什麼？」

『因爲我們到底還是最好的朋友呀，而且她並不知道原來我暗戀那個男生，不、或許她知道也不一定吧，但我可以確定的是，那男的從頭到尾不知道。』

「我……」

『不過也沒可能了吧我看。』

「爲什麼？」

『她躲起來了，消失了，不見了，把自己藏起來了。』

這是那天她在神祕咖啡館裡說的最後一句話。

第八章

再次上線，依舊是二紅一綠的搭配組合。

『嗨嗨！瑋良的同學。』

「妳可以直接叫我大隻就好啦！他們都這樣叫我。」

『在我還沒確定之前，我是不會輕易叫你大隻的。』

嘖！這話怎麼聽起來有點色色的感覺。

「妳回台北啦？」

『是呀，眞討厭。』

「？」

『搭車呀，世界上最討厭的事情大概就是搭車了吧！對我而言。』

「幽閉空間恐懼症嗎？」

『或許是哦！每次搭車的時候總覺得有人放屁欸。』

「不是吧？這麼衰。」

『也不曉得是不是自己的幻覺還什麼的，因爲沒可能這麼巧每次搭車都遇到有人放屁吧！不過眞的每次搭車我都會聞到屁味哦。』

接著我把顏瑋良幾度放屁陰我、並且還試圖要我聞出他那天吃了什麼的噁心事蹟敘述給她聽；雖然是隔著兩台電腦以及半個台灣，但是可以確定的是、我們都笑到肚子很痠。

『不過呀！我不會因爲你一直到最後都沒跟我要電話就認爲你確實是個Gay哦。』

慘！不祥的預感。

『不用擔心啦！瑋良的同學，你眞的不是Gay啦，我可以憑女人的直覺跟你確定這一點的。』

「顏大頭那大嘴巴是不是亂說我什麼？」

『瑋良沒有亂說啦！他只是把你的焦慮告訴我，然後我們姐弟倆一起分析分析而已呀。』

可惡！我非殺了他不可！

「給我妳的號碼！」

『要有禮貌呀！小朋友。』

「能否有這榮幸跟妳要那珍貴的十個數字呢？美麗的姐姐。」

『呵。』

電腦的那頭傳來了一串數字，以及『現在給我電話』的這十個大字，此時此刻我有種落入她的圈套的感覺。

嘖！他們果眞是親姐弟沒錯。

不過這就是實驗組和對照組的最大不同，落入實驗組的圈套、通常我的反應會是幹譙，而落入對照組的，則是竊喜。

帶點幸福感的那種竊喜。

電話接通，她連確定也沒的劈頭就說：

『我叫瑋眞，別再什麼姐姐不姐姐的了好咩，都給你們喊老了。』

「沒問題的，大姐。」

『喂！沒禮貌。』

「小的不敢。」

『不過聽起來還不錯啦！你叫我大姐時的語調。』

「是因爲和老大有異曲同工之妙嗎？」

『其實你並沒有瑋良形容的那麼笨嘛。』

「謝謝妳的讚美哦！如果這是讚美的話。」

她在電話那頭笑著，清清脆脆的笑聲。

『不過我說瑋良的同學呀！你眞的很爲那個網友困擾嗎？』

「唔……」

『甚至懷疑自己愛上他？』

「我個人是覺得妳問話再婉轉一點會比較好啦。」

『呵。』

喝同一家王水長大的親姐弟，沒錯，果然，因爲她接著竟然說：

『其實很簡單呀！不用那麼困擾的。』

「拜託！這話題可以結束了嗎？我覺得很不自在耶！」

『你問我哦？你問我的話那答案當然是不行呀！哈～～』

「吼。」

『就問問你自己有沒有對他性幻想過不就好了。』

「喂！」

依舊是清清脆脆的笑聲，電話那頭，不過這次的笑聲聽起來比較可惡。

『所以呢？有嗎？對他性幻想？』

「別鬧囉！我只看過他照片好咩！」

『你現在一定臉紅了對不對？』

「並沒有。」

『呵！調戲小帥弟的感覺眞好玩。』

嘖！

『不過呀！我那最好的朋友一直堅持著網路歸網路、現實歸現實，兩者無論如何是不能混淆的。』

「但是當你和對方聊出一定程度的認識以後，難道不會有想要見面的好奇嗎？只是很單純的見個面、這樣而已呀。」

『所以說呀，好奇心殺死一隻貓。』

「也就是說妳認爲就算聊得再來的網友，一旦見了面也只是會破功？」

『沒有，我從以前就不這麼認爲，而且現在也依舊是，只不過我已經不再見什麼網友了。』

「嗯。」

『而且，例如我暗戀的那個男生好了，我們就是從網友變成朋友的呀！所以她的理論被推翻了，而且是被她自己。』

「了解。」

『什麼了解呀！你應該糾正我才是呀。』

「呀？糾正妳什麼？」

『當我說：我暗戀的那個男生。你應該糾正我是：以前暗戀過的那個男生。』她嘆了口氣之後，才無奈的解釋話裡我一直沒聽懂的：『是過去式才對。』

「哦，我不知道妳現在不暗戀他啦。」

『哎！瑋良說的其實也沒錯啦。』

嚇！眞是膽戰心驚的我，那王水大嘴該不會連我一個星期DIY幾次都給說了出去吧！

呼～～還好我並沒有告訴他這個。

『你眞是個呆頭鵝。』

「啊？」

『你很被動耶。』

「啊？」

『這種事不應該是女生問的吧！並且你不要再啊了哦！因爲我已經差不多快火了。』

「唔……」

『哎！算了你這呆頭鵝。』

謝天謝地！我總算是聽出了她話裡強烈的暗示了。

「那所以大姐、妳對我的感覺如何？」
『很好呀！你呢？』
「如果妳說的是很好的話，那我當然是非常好囉。」
『呵！所以呢？你這週末要不要來台北玩？』
「唔……」
『我不是說了嗎？我很討厭搭車呀。』
「並不是搭車的問題好咩大姐。」
『那是……那方面的問題嗎？』
「妳在亂想什麼？只是當天來回的話……」
『你可以留在我這過夜呀！反正我一個人住。』
我有沒有聽錯?!
「會不會太快了呀這位大姐。」
『沒關係啦！我不會因爲這樣就覺得你是個很隨便的男生，你呢？』
「我什麼？」
『會覺得我很隨便嗎？』
「唔……」
『可能在一般論來看會覺得這是隨便吧我想，但我知道我自己不是隨便的女人，而且我也不需要爲了證明這點就故作姿態、還編了全壘打時間表什麼的，這麼說你懂我意思嗎？』

「有點模糊。」

『也就是說，我不是那種隨便哪個誰都可以上床、或者是找一夜情的人喏！可能嘴裡會說無所謂呀沒關係嘛、但一旦是自己遇到的話還是不會接受的哦！不過如果遇到了感覺對的人，我也不會把時間浪費在無謂的矜持上面。』

「這就相當明白了。」

『而且呀！我不會反對網戀，但我反對明明床上合不來，卻還是繼續交往著的無性情侶哦！那簡直不能稱之爲情侶了呀！應該叫作是情感上的合夥人才是呀，而且還是死了合葬在一起的時候、還搞不懂爲什麼對方就是連死了都還和自己睡在一起呀。』

「妳形容得眞傳神，眞羨慕妳的表達能力。」

『所以呢？你這週末要不要來台北？』

「唔……」

到底我是在抗拒什麼呢？

「坦白說——」

『其實你性無能嗎？I'm sorry to hear that。』

「喂！並不是好不好。」

『你真的是Gay？那好吧！就祝你的小屁屁幸福囉。』

「喂！」

她笑了起來：

『好啦什麼啦？』

「我覺得我配不上妳。」

『這真是我聽過最爛的理由。』

「是真的不是理由，在妳面前我覺得樣樣都不及妳。」

『你真是我見過最年輕的沙文豬。』

「啊？」

『都什麼年代了！還堅持在愛情裡一定要是男人比女人強呢？』

「……」

『而且，配不配得上怎麼會是由單方面來判斷？』

坦白說，我又被打動了

『好吧！既然你坦白說了，我也要坦白說。』

「坦白說自從ELVA事件之後，我很怕人對我說坦白說這三個字……」

『管你的，坦白說——』

「給我三分鐘時間深呼吸一下好嗎？」

『坦白說我也知道這樣太快了，我剛說了一大堆言不及義的漂亮話其實都只是藉口，但眞的沒辦法我慢不下來。』

「爲什麼？」

『因爲怕重蹈覆轍。』

「……」

『我怕我又遇到了一個喜歡的男生，但因爲某些很無聊的因素、或者說是矜持，於是我告訴自己不要急沒關係先從朋友做起，然後到了最後、我們也永遠只是朋友了，我眞的只是不想再錯過了，這樣而已。』

「不會的，我很喜歡妳，我只是沒有自信而已，妳知道、我畢竟——」

『來台北。』

「好，這週末——」

『現在就來，現在！』

第九章

那天我並沒有馬上去台北。

更正確一點的說法是，瑋眞後來改口說：

『開玩笑的啦！這麼晚了現在，你週末來，記得騎車小心點。』

我不知道爲什麼到了最後關頭她卻又反悔，不，更正確一點的說法是，直到了最後，我才終於知道……

而當時掛上電話之後，被幸福感所淹沒的我們，並不曉得事情的發展竟會轉往我們所意想不到的方向去。

轉往我們所無法控制的方向。

那天掛上電話之後，瑋眞順便也下了線，因爲時間眞的很晚了，而她隔天還得上班，呆望著重新又變回三個垂直排列的小紅人時，不知道爲什麼，我雖然很是疲倦，可卻不想睡。

應該不是寂寞，而是心慌。

就要愛了嗎？

在那個當下的我，眞的很想找個人說說話，而那個人最好是下雨天而不是瑋大頭良、又或者已經睡著的瑋眞。

望著垂直排列的小紅人，我突然靈機一動，依照下雨天他帳號上的電子信箱我寄了封伊媚兒給他，主旨是SOS，而內容則是簡簡單單的三個大字：快上線。

信件寄出之後，我離開電腦去刷了個漫長的牙順便沉澱一下心情，回到房間之後還爲了即將到來的週末夜在地板上做了二十下的伏地挺身，差不多是到了第十八下左右的時候，我聽到電腦發出有人登入的聲響——Bingo！果然就是下雨天。

「你他媽的終於上線了哦。」

迫不及待的，我立刻傳了訊息給他，但結果卻是得到這樣的回應：

『我不是他。』

「Sorry，認錯人了。」

關了視窗我重新再確認一次，才發現是被這傢伙給耍了：

「唬弄我哦！你明明就是下雨天呀！要不你怎麼會用這帳號上線？」

『我是他女朋友，小雷在睡覺。』

「小雷？」

『下雨天，他姓雷，我們都叫他小雷。』

哦……

「Sorry again。」

『SOS What?』

「?」

『你寄給他的電子信件！發出求救信號要他上線不是？』

當然不會是：SOS：Sorry I love your boy friend！

少以爲可以套我話！哼。

「沒啦，等下雨天、或者說是小雷上線我再告訴他好了，沒什麼要緊事其實。」

『哦。』

想了想、我還是決定趁機問：

「小雷是怎麼啦？好久沒看他上線，在忙什麼是不是？」

『小雷生病了，最近老在睡覺。』

「哦哦。」

本來是很想找她玩旋轉泡泡球的，但想想還是算了，因爲我後來發現雖然是相同的旋轉泡泡球，但不知怎麼的、就是和下雨天玩起來的感覺比較自在。

「我說這個……可能不關我的事啦！畢竟我們只是網友而連面都沒見過。』

『什麼事嗎？』

「我只是覺得小雷很愛妳，所以妳說的話他可能就比較聽得進去吧。」

『你要我轉達小雷什麼話是嗎？』

「勸他多運動啦！眞的可以改善失眠，而且我覺得他失眠的程度眞的很教人擔心耶。」

『你擔心他？』

「嗯，不過妳不要誤會，只是很單純的出自於朋友之間的那種擔心而已。」

『了解。』

「還有呀，有空多陪他說說話啦！他說自己整天說不上兩句話，這樣不太好吧？」

『是呀。』

「他可能個性不太好所以常惹妳生氣吧！我猜啦！不過總是情人一場，有空多找他說說話吧，好嗎？」

『可以問你一個可能有點失禮的問題嗎？』

「好呀，不過我會視失禮程度而選擇性的回答，哈！」

『如果小雷是女的，你是不是就會愛上他？』

「他跟妳說了電話的事嗎？」

『電話？』

慘！我老是自己說溜嘴。

「不會啦！因爲我現在有女朋友了。」

『吹牛吧你！才多久不見你就冒出個女朋友來囉！』

這王八蛋……

「不要跟我說你就是小雷哦！」

『哈！我眞的很會演戲對不對？』

媽的是想把我給糗死是不是！

「整人也該有個限度吧！」

『好啦好啦我道歉啦！說說那個女的吧，怎麼之前完全沒聽你提起過？』

「因爲是最近才認識的呀。」

『才認識幾天就可以交往囉？現在的年輕人眞是動作派……』

「沒錯，而且我這週末要去台北找她。」

『台北？』

「怎麼你是台北人嗎？」

『不告訴你。』

怎麼神祕路線是走不膩哦這傢伙！

「嘿！我突然有種很荒謬的念頭。」

『其實你愛的人是我哦？』

「你白痴哦！我又不是同性戀。」

媽的！說得我心虛得要命。

「我只是突然覺得，我們會不會其實認識呀？在現實生活中。」

『這照片確定是你本人？』

「嗯嗯。」

『相似度？』

「百分之九十九。」

『那你放心好了，我沒見過你。』

「哦。」

『雖然你照片感覺起來還滿像我一個朋友的。』

「就是你吧？我看。」

『你哪有我這麼帥呀。』

「隨你怎麼說啦！不過你說巧不巧。」

『怎樣？』

「我女朋友說——」

『瞧你甜蜜的咧！』

「麥吵啦！她說我長得像她的一個朋友耶。」

『因爲你大眾臉吧。』

「也是啦！帥哥好像差不多都我這長相，哈！」

『我差不多快吐了。』

「哈！好啦！重點是，剛你一上線，不知道是太久沒見了還是怎麼著？我突然覺得我們兩個其實還滿像的咧。」

『我不同意你這個說法。』

「隨你怎麼說。」

『突然想到，她說的某個朋友，會不會其實是她的前男友？』

「不是啦！只是暗戀而已。」

糟！我又說溜嘴了！

『你眞的很笨耶！都給人當成替代品了還樂成那樣。』

「你這是在嫉妒我。」

『不過也是啦！告別下一段感情最快速有效的方法確實就是展開下一段新戀情。』

「瞧你酸的咧！我可警告你別愛上我哦！」

『並不會，因爲我這輩子不可能再愛上誰了。』

「第三千八百六十五次。」

『啥？』

「你囉囉嗦嗦的強調這點呀。」

『知道就好。』

嘖！

『不過去搭車的時候記得騎車小心一點。』

「這麼巧？」

『什麼巧？』

「我女朋友也這樣叮嚀我耶。」

『因爲交通意外眞的是很常發生呀。』

「說的也是。」

『不過和你這麼一聊，我倒是想起一個說法。』

「如果是你的眞愛理論的話，那大概是第六百五十七次囉。」

『不是啦！是愛情接力賽。』

「愛情接力賽？」

『有人把愛情比喻成爲一場接力賽。』

「所謂的有人該不會就是你女朋友吧？」

『並不是，而且是一個叫作火星爺爺的網路作家。』

「哦。」

『我轉貼那段給你看？』

「好呀。」

艾蜜莉的接力賽。By火星爺爺

我們都在一個接力賽裡頭，我們遇見一個人，陪他一段，然後他離開遇見下一個人，他就這樣相遇離開，反反覆覆直到遇見他的最後一棒……這不是接力賽嗎？我知道我不是Patrick的最後一棒，我不會陪他走到終點，我很傷心，但想想也沒有必要，你看操場上的小學生，沒有跑最後一棒也很開心，我應該要祝福Patrick，而且試著開心一點。

「辦得到嗎？」

「難死了。」艾蜜莉苦笑：「不過，會有一場接力賽輪到我跑最後一棒吧。」

讀完之後，我說：

「滿有意思的文章。」

『嗯，我很喜歡這個人的文字，很會說故事的一個人。』

「你朋友嗎？」

『不是，偶然間在PChome的新聞台裡搜尋找到的，沒想到看著看著就看上癮了。』

「我該不會也是這樣被你找上的吧？」

『？』

「我的帳號呀！就是火星。」

『正是。』

「爲什麼這麼愛火星？」

『因爲我有個很思念的人去了火星。』

「那個人在美國太空總署工作？」

他傳了個笑臉過來，我知道，這是他並不想要繼續這個話題的意思。

『你認爲愛一個人就該告訴對方嗎？』

「難不成愛一個人是要告訴全世界就唯獨不告訴對方嗎？」

『我也不曉得該怎麼解釋，不過好多人都說過這樣的話吧。』

「好像是哦。」

『眞是超級不負責任的話，眞應該把說過這句話的人全部捉起來送去火星關才對。』

「爲什麼？」

『因爲不負責任呀。』

「怎麼說不負責任？」

『因爲有時候只會造成對方的困擾，讓兩個人、甚至是更多人都受到傷害。』

「愛不會讓人受傷。」

『你會這麼說的原因，是因爲你沒愛過。』

「並不是，而是因爲會讓人受傷的不是愛。」

他沉默了好久，然後才傳來這行字：

『我要下線了。』

「我說錯什麼了嗎？」

『881。』

然後他就下線了。

我說錯什麼了嗎？

第十章

台北。

台北火車站。

和瑋眞的第二次見面，以及沒意外的話應該會共度的浪漫夜。

嘿嘿。

『你是晚上就要回去了嗎？』

這是瑋眞見到我時的第一句話。

「沒呀，怎麼問？」

『因爲你行李未免也太少了吧。』

「過個夜而已呀！不然妳覺得我應該拖著登機箱順便連電鍋也帶來嗎？」

我眞是越來越幽默了，不過顯然的、瑋眞並沒有捉到我的笑點，她說：

『別告訴我、你只帶條換洗的內褲而已哦，並且如果你穿的是三角褲的話，我是無論如何也不會讓你進我房間一步的。』

「這點妳放心，我穿的是四角褲，並且我還有帶了牙刷和毛巾。」

那至於保險套的話我想還是等確定了之後再買，要不買了卻沒用到而且還放到過期的話，那會讓我很傷心並且搞不好還因此而造成心理陰影以至於永垂千世——

當然我是不會頭殼壞去對瑋貞這麼據實以告的。

『男生真噁心，一套衣服居然打算穿兩天。』

瑋貞又說，然後馬上拉著我到新光三越硬是買了一套新的衣服，接著我們在STARBUCKS喝咖啡休息，我偷瞄著紙袋裡那套衣服，越看越是覺得眼熟——

真像是小雷在某張照片裡曾經穿過的。

「那天我跟朋友聊起——」

『那個神祕網友呀？』

我們的事、這四個字我都還來不及提及時，瑋貞就打斷了我的話：

「我還沒說妳就知道啦？」

『看你的表情就知道啦。』

我什麼表情？

『你們聊什麼？』

「我把認識妳的經過告訴他，結果被他挖苦了一頓。」

『爲什麼？』

「他認爲妳只是把我當成替代品而已。」

然後我又瞄了那紙袋裡的衣服一眼，而我沒說出口的是：其實我現在也這麼覺得。

『走吧。』

瑋眞突然說，並且明顯的不想面對這個話題。

「去哪？」

『回家上廁所呀。』

「這裡就有廁所了呀。」

接著瑋眞笑嘻嘻的凝望著我，好，我承認確實在某些方面我是相當程度的呆頭鵝又不懂主動，但我有把握在瑋眞的親手調教下，我會慢慢變成、我會慢慢變成——

『大隻呀！』

事成之後（這次可不用我說明是什麼事成了吧！嘿嘿）這是瑋眞開口的第一句話。

截至目前爲止，我不知道被多少人喊過幾千次幾萬次的大隻了，但從來沒有像這一次如此的讓我感到溫暖過。

盡在不言中。

『我們再玩一次坦白說好不好？』

瑋眞這麼說，然後整個人舒舒服服的躺在我的身上。

「什麼坦白說？」

『坦白說呀！本來我並不看好我們哦！不過我發現我越來越喜歡你了耶！把油門踩到底了的那種加速喜歡喏。』

「因爲我通過了第一關嗎？」

盡在不言中，Again。

「坦白說呀！其實我很討厭菸味耶。」

『所以你要我戒菸嗎？』

「妳會嗎？」

『我會在你面前戒菸。』

眞狡猾。

「那如果妳在我面前還是忍不住想抽菸的話怎麼辦？」

『那你親我一下就好啦！』

最好是這麼簡單就好了啦！

『坦白說呀！確實一開始我是把你當成替代品耶。』

「就知道。」

『你會生氣嗎？』

「是不至於啦！」畢竟我本來就是個好脾氣的人，「不過我覺得很不公平。」

『但是在愛情裡本來就沒有公平可言。』

「好吧那我更正。」

『更正什麼？』

「我會很擔心。」

『爲什麼要擔心？』

「擔心我們進入穩定的階段時，妳就會突然覺得好想逃呀！有時候醒來會搞不懂爲什麼我會躺在妳身邊呢？妳眞的愛我嗎？其實並沒有吧……這樣。」

『貧嘴。』

「然後有一天呀妳就突然提出分手，雖然是沒機會再像上一個無緣的那樣、都已經決定分手了還跑來騙走我的初夜，爲此我還要被顏瑋良毒舌之外並且大嘴巴的到處亂講——」

『你眞的很三八耶！』

她開開心心的笑著。

我得承認我確實只是三八亂講而已，因爲此時此刻的我，感覺到一股安心的美好。前所未有的那種。

「妳有沒有聽過一個說法？」
『做愛之後動物感傷？』
「不是啦！愛情接力賽。」
『火星爺爺寫的嘛。』
「妳也知道他？」
『是呀，我和最好的那個朋友以前常常會去火星爺爺的新聞台看他寫的文章。』
看起來很有人氣嘛這個作家。
『我希望你是我的最後一棒，陪我走到終點。』
「雖然只是個替代品？」
『不。』
「那？」
『因爲你將會變得無可取代。』
「希望是囉。」
『眞的嘛！我有這種直覺。』
起身，瑋眞燃起了一根香菸，我才想抗議時，她就笑著親吻住我，嘖！被她給搶先了。

『明天再戒嘛。』

「嘖。」

『眞的很想抽根菸呀現在。』

「爲什麼？」

『因爲已經習慣了。』

「事後菸呀？」

『幹嘛露出那種臉嘛。』

「因爲感覺很像是和以前的舊情人共同培養出來的習慣。」

把菸捻熄，連抽也不抽的就直接丟掉之後，瑋眞才說：

『雖然我會保持著和舊情人共同的習慣，不過呀！我倒是絕對沒可能舊情復燃的那種人哦。』

「嗯？」

『這就是我和小夏最大的不同。』

「小夏？」

『我最好的那個朋友呀。』

「約好了要一起養老的那個朋友？」

『嗯，不過現在好像沒可能了。』

「因爲她躲起來了嗎？」

『因爲你。』

「那到時候還可以叫顏瑋良給我們送飯來嗎？」

『當然是不可以囉。』

「眞偏心。」

『不，因爲我會親自下廚做菜給你吃，呵！』

「前提是我有勇氣吃的話嗎？」

『得了便宜還賣乖。』

幸福

『她是那種會把所有愛過的人都記得牢牢的，沒事還翻出回憶來懷念一番的個性喏，但我則剛好相反，有時候我甚至會忘記我到底愛過哪些人欸。』

「這也不錯呀！舊的不去新的不來嘛。」

『你咧？你是小夏型的還是我這型的？』

「應該是偏向妳這型的吧！不過還不及的那種程度。」

『嗯。』

「嗯。」

嘆了口氣，瑋眞又說：

『有時候我眞心疼她，都那麼久了還沒辦法從小雷的打擊裡走出來。』

「小雷？」

『你不認識啦！就是我之前暗戀了他很久的那個大男生。』

「但妳從來沒說他叫作小雷。」

『因爲你不認識，所以沒必要告訴你他的名字呀。』

「但我的那個神祕網友，他剛好就叫作小雷耶。」

『哎！叫小雷的人那麼多，你上網搜尋的話搞不好跑出幾百萬筆資料哩。』

「搞不好眞是同個人。」

『沒可能啦！』

「妳怎麼什麼事都這麼篤定？」

瑋眞苦笑的望著我，用種彷彿在哄小孩子的口氣，說：

『好吧，你們是什麼時候認識的？』

「今年，認識妳之前的事。」

『那眞的不是他啦！這件事情我可以再確定不過的告訴你。』

「爲什麼？」

『因爲小雷去年死掉了。』

沉默

「怎麼發生的？」

『車禍。』

「……」

『在他去找小夏的路上。』

「她還好嗎？」

『誰？』

「小夏。」

『不好，小夏完全崩潰了！她不承認小雷走了！她說這只是他的惡作劇，小夏說他只是躲起來了，她甚至連小雷的喪禮也不去。』

——我不相信愛情能天長地久，但我相信我一輩子只愛那個人。

「是因爲棒子掉了的關係吧。」

『嗯？』

「在愛情的接力賽裡，本來認定了會陪自己走到最後的人，卻因爲遇上了意外而突然出局了，並且就是連棒子也一併帶走了，所以沒有誰可以再接下去了。」

『嗯，同感。』

「嗯。」

這是我們那天最後聊起的話題。

關於小雷，以及小夏。

第十一章

在回家的途中經過書局時，我順道繞進去逛了一下，因為很想看看那個叫作火星爺爺的作者所寫的是怎麼樣的書，而我實在很沒有耐心在網路上面搜尋資料。

我生平最討厭的事情就是上網搜尋。

問了櫃檯小姐之後，人很好的櫃檯小姐替我找來兩本火星爺爺的書，結帳，本來是打算直接回家了的，但不知怎麼的，卻念頭一轉，決定先到那家神祕咖啡館待一會兒再說。

推開木頭大門，低頭進入，在經過巨大吧台的時候我向臉很酷的老闆娘要了一杯熱的卡布奇諾，本來是想選之前和瑋眞一起待過的那最角落的位子坐下，但結果今天已經先給人佔去了，想想算了，就挑了最靠近大門的位子坐下，反正沒差。

發了簡訊給瑋眞說已經回到台中之後，我開始低頭專心閱讀。

瑋眞派的那種超級專心法。

三杯卡布奇諾的時間過去，我轉了轉僵硬的脖子，這才發現原來位子的旁邊就是玻璃窗，很是無聊的呆望著窗外的街景大概有三分鐘那麼久之後，我決定回家。

買單。

臉很酷的老闆娘抬頭看了我一眼，收錢找錢，然後低頭，點菸，依舊是沒有想要抽的打算，我得說她眞是個很浪費的女人，就總把菸點了卻不抽的這件事情而言。

離開時我覺得有點小懊惱，坦白說我眞的還滿想聽到從她嘴裡說出滾蛋或者是幹嘛要來這類的話的。

哈！我想小雷說得沒錯，我大概眞的有病。

小雷……

回家，懶洋洋的躺在床上接著打了電話給瑋眞，她說一直在睡呀我說我也好累哦！其實我們沒說到啥重點無非就是情人間的軟語，而且還是沒什麼營養的那種，時間就這樣過去了兩個小時多一點。

等到我洗完澡並且非常有毅力的做了二十下伏地挺身之後上網，時間已經是深夜了，而MSN上則是二紅一綠的排列組合。

眞難得小雷傳來的第一個訊息不是要玩旋轉泡泡球。

不知道是我自己想太多了還是怎麼著？總覺得最近的他好像慢慢的改變了似的，像是終於開始願意把他心底高築的那道無形牆給敲開了的那種感覺。

當然，那道牆還是在、只是比較不那麼頑固了些。

『這麼晚才回來呀？』

「沒呀，回來有一會了，倒是你，又失眠啦？」

『算是吧。』

「最近有比較好些嗎這失眠？」

『嗯，好點了。』

「今天有開口說到話嗎？」

『幹嘛那麼關心我呀？你。』

因爲我放你在心上呀！

「因爲我在暗示你關心一下我的台北行呀！哈。」

『哦……台北好玩嗎？』

「這我是不知道啦！因爲我們大部分時間都待在家裡。」

『小心縱慾過度哦年輕人。』

「這您就多慮了！因爲我有的是本錢，哈！」

『無聊。』

分明只是眼紅我吧！哼。

「怎麼今天不玩旋轉泡泡球哦？」

『嗯，最近覺得有點膩了。』

「那眞是謝天謝地了。」

『所以我改玩新接龍。』

「不是吧！」

『你不在呀！沒人給我按接受。』

不是吧！

『幹嘛把暱稱改成PLANET NO.3呀？』

「哦，今天去買了火星爺爺的書，覺得他寫得眞好。」

『那本書呀我最喜歡的一篇是——』

「不是吧！你都背起來了哦？」

『不要打斷人家講話好不好。』

娘娘腔！還人家咧！

『第一篇的那個傳達者。』

「爲什麼？」

『很特別的工作呀！要不你畢業後也去做那種工作好了。』

「是你自己該認眞考慮先吧！無業遊民。」

『你做比較合適啦。』

「你眞的很想害我被當成神經病對不對？」

『並不是，而且我可以當你的第一個顧客哦。』

「那倒是說來聽聽你想找誰呀？」

『等你眞的開業了再告訴你。』

「先說啦！我先免費幫你試找。」

他還是沒有回答，反而是傳了個笑臉過來，不知道爲什麼，每當他的回應是傳送笑臉符號時，我總覺得那是因爲在電腦那頭的他、心情沉重到連打字都失去力氣。

我於是主動的敲上我的手機號碼給他。

『這什麼？』

「我的手機號碼。」

『給我幹嘛？』

「想說話卻又找不到人可以說話的時候就打電話給我，什麼時候都可以，我是那種睡到一半被電話吵醒也依舊好脾氣的人，哈！」

『但問題是我並不會打電話給你呀。』

「隨你便啦！」

『好啦，我會記下來，但我眞的不會打哦。』

不想打那就不要打呀！一直強調呀強調的是怎麼樣！想把我氣死是不是？有沒有禮貌呢、這傢伙？

「媽的就開口說個話是會要你命嗎？」

『沒錯。』

「嘖。」

『不過我倒是覺得你最近變溫柔了。』

「我本來就很溫柔。」

『是因爲戀愛了的關係吧？』

「什麼怪理論嘛。」

『眞的喲！愛情會讓一個人連心都變得很柔軟哦。』

「就算是像你這樣鐵石心腸的人也不例外嗎？哈！」

『我對我女朋友可溫柔的。』

「隨你怎麼說。」

短暫的沉默之後，我們異口同聲、不，應該說是異電腦同打字——

「不過」

『不過』

「你先說。」

『你先。』

「你先說啦。」

『我忘記了。』

算你狠。

「不過不曉得是不是剛交往、還不夠了解的關係，總覺得和她在一起的時候常常會很緊張。」

『她很情緒化？』

「不是啦！只是很古靈精怪的，有時候會覺得有點招架不住。」

『這樣相處起來比較有樂趣呀，才不會太平淡嘛。』

「也是啦。」

但還是覺得跟你聊天的感覺比較舒服自在！

但我知道他應該不會想聽，所以我沒說。

『不過你不覺得人就是這樣嗎？』

「哪樣？」

『熱戀的時候就希望能和對方長長久久，但眞的和對方穩定下來了確定要一輩子到底了，又開始嫌太平淡了，反而懷念起熱戀時的濃烈。』

「實不相瞞，我懷疑她就是這樣。」

『其實說穿了只是貪心吧。』

「貪心？」

『不過話又說回來，誰面對愛情的時候能夠不貪心呢。』

「嗯嗯。」

『我很喜歡那兩個字。』

「貪心？」

『不是啦！到底。』

「到底？」

『是呀！例如說你到底愛不愛我呢？愛呀我當然愛你呀而且是決定了要愛到底囉——很好用的兩個字呀不是嗎？』

「好像是哦。」

『眞的是。』

「我在想哦！如果我們是在咖啡館裡面對面的聊天，搞不好會續了五、六杯咖啡都還是會口渴的那種程度哦。」

『因爲怎麼樣都聊不完的感覺嗎？』

「沒錯！我還是生平第一次能和一個人聊得這麼來耶。」

笑臉符號。

又是該把這話題打住了的時候嗎？

你爲什麼總是要把我對於你的感情當作是一種負擔呢？

「說到咖啡館，我女朋友倒是帶我去到一家很特別的咖啡館。」

『台北？』

「台中。」

『什麼店名？』

「就是連店名也沒有，酷吧？」

『眞有趣。』

「店小小的，但吧台卻不知道在堅持什麼的大，桌子一律只有兩人座的，老闆娘手裡老夾著菸但是從來沒看她抽過、酷得要命那老闆娘，我雖然才去過兩次但眞的很想聽她一看到客人上門就說滾蛋、有客人買單就說幹嘛要來。」

『呵。』

唔……不好笑嗎？不會吧！我是眞的覺得那個畫面會很妙呀！怎麼他的反應冷淡成

這樣？

「不過那裡的卡布奇諾倒是好喝得要命。」

『嗯。』

「像我是不太習慣喝咖啡的人，但今天在那看了兩本書居然不知不覺的就喝掉了三杯卡布奇諾。」

『你今天去過那裡？』

「是呀，怎麼了嗎？」

『沒呀！天呀好晚了，我要睡了要不又會失眠，BYE。』

直覺告訴我，他是台中人，而且他知道那家店。

甚至他今天也去了那裡！

二〇〇三。冬

第十二章

台北。

淡水老街旁的堤防上，把約會弄得像是在拍偶像劇（我想這大概是瑋眞的職業病，她實在是經手太多的偶像劇書了）的我們，終於從她的房間走出了台北市。

不過除了瑋眞把外套忘在車上（總覺得她是故意忘的）於是要我當她的外套包著她之外，我們的談話倒是一點也不偶像劇。

『我第一次來台北呀就是到淡水哦。』

「不是台北一〇一？」

『喂！不要老是把我想得很敗家好不好！』

明明就眞的很敗家呀。

「妳在淡水有朋友哦？」

『嗯，就是那個小雷呀。』

「小雷？」

『我的小雷啦！不是你的。』

「哦。」

『那不是我第一次見網友，不過倒是我第一次主動找網友，還一個人來台北耶！』

「我只能說妳眞是太有勇氣了。」

比起我的小雷而言。

我的小雷？

『沒辦法嘛！因爲照片上的他實在是太帥了！而且我們又那麼聊得來，眞的很想見見他。』

「過分，居然帶我來充滿你們回憶的地方。」

『所以我把你穿在身上當保護色呀。』

「聽得出來妳眞的很愛他哦。」

『聽得出來你眞的很吃醋哦。』

「我幹嘛跟一個死掉了的人吃醋。」

『說的也是，再說我現在也不愛他了。』

「因爲他死掉了？」

『不是，因爲我愛上你了，千眞萬確的那種。』

外套聽到這句話之後，主動的套得更緊了些。

「這是妳當初來台北工作的原因嗎？因爲小雷？」

『拜託！我可沒那麼粉紅色好嗎。』

「只是單純的想離惹人厭的弟弟遠一點嗎？哈～～」

『亂講，我和瑋良的感情可好的。』

這倒是。

「只是很單純的因爲我想找的工作在台北比較多呀。」

『編輯？』

「嗯。」

『爲什麼想當編輯呀？因爲喜歡看書嗎？』

「這麼說好像也對哦！不過我倒是沒有必要絕不買書的那種人。」

『我看是有必要也不會買吧！因爲錢都拿去買行頭喝咖啡了。』

「說的也是啦！呵～～」

編輯書的人卻從來不買書……哎！

『做了這份工作之後我更覺得呀！常常買書其實只是買一種心情而已。』

「就像是去Pub喝酒，喝的其實也只是一種氣氛而已？」

『比喻得眞好。』

「不知道從哪裡看到的抄下來講的而已啦。」

『但我可警告你、不准去Pub喝酒泡妹哦！』

「我的話是不會啦！那至於顏大頭的話可就沒把握囉！哈！」

眞爽！

『所以我後來就變成從不買書的那種人了。』

沒頭沒腦的，瑋眞突然來了這麼一句。

「啥？」

『沒啦！突然想起我朋友講過的這麼一句話。』

「小雷？」

『小夏。』

「哦……」

『聽得出來你眞的很愛小雷哦！』

「亂講什麼呀妳！」

『該不會被當成替代品來愛的人其實是我吧！』

「夠了哦！我差不多快吐了。」

想得我屁股都痛了。

『好啦！不鬧你了。』

沉默，因爲此時此刻的我們正專心的遙望著夕陽西下ing。

——你認爲愛一個人就該告訴對方嗎？

——因爲有時候只會造成對方的困擾，讓兩個人、甚至是更多人都受到傷害呀。

「嘿！妳那時候爲什麼不告訴小雷妳喜歡他？妳實在是不像會暗戀人的女生耶。」

『好像是哦。』

「只因爲妳們都喜歡他嗎？」

『不，是因爲我知道他不會愛上我。』

「妳又不是他，妳怎麼會知道？」

『因爲我知道他愛的人是小夏，從他第一次看到小夏的眼神我就知道了。』

——因爲我第一眼看到她就知道她是我的百分百女孩了。

不知道爲什麼，我突然想起那個小雷曾經說過的這句話。

「他們一見鍾情嗎？」

『應該不算吧！因爲小夏剛開始甚至還不太願意接受小雷的追求。』

「爲什麼？」

『長得太帥了呀、到底！眞的是讓女人超級沒有安全感的那種類型。』

藉口，像我就讓女人很有安全感的，哈。

『不過呀雖然小雷看起來很花心的感覺、但其實那都是誤解；他和誰都是朋友，男的女的，又愛鬧、愛熱鬧、還愛對大姐姐型的朋友撒嬌，只是呀小雷在心底會把情人和朋友分得很清楚。』

「爲什麼小雷情有獨鍾於小夏？」

『特別吧，小雷說的。』

「咦？」

『他覺得小夏很特別，和他以前交往過的女生完全不一樣。』

——她和我以前交往過的女生完全不一樣，特別。

「妳有小夏的照片嗎？」

『神經哦！我隨身帶著她的照片幹嘛呀？』

「也對。」

『幹嘛？你也對她好奇嗎？』

「沒呀。」

『沒有還想看人家的照片！騙人。』

「吃什麼醋嘛。」

『我醋喝多了呀！怎樣！什麼意見！』

「女生都這麼愛吃醋呀？」

『這跟性別沒有關係好不好！』

瑋眞又狠狠的捏了我一把，眞是個百分百的女性主義者。

「不過和朋友愛上同一個人的感覺……很複雜吧？」

『簡直是難受得要命！特別是當對方愛的人還不是自己、那根本可以說是難堪了。』

「那我可以跟妳保證，這種事情絕對不會發生在我們身上。」

『因爲小夏把自己藏起來了？』

「不，因爲妳和顏瑋良是姐弟，哈！」

『你很無聊耶。』

「不，我很溫柔，而且當妳的外套還剛好合身。」

『你很討厭。』

瑋眞像是呢喃似的又重複了一遍，並且把我抱得更緊了些。

「幹嘛拐彎抹角的說愛我嗎？」

『眞的，你很討厭。』

「……」

『我是那種一躺平就能立刻睡著，幾乎從來不做夢的人哦。』
「我差不多也算是。」
除了之前夢見小雷變成天使的那次怪夢之外，我幾乎也沒做過什麼夢了。
『但是呀昨天抱著你睡的時候，卻做了一個很討厭的夢欸。』
「夢見什麼？」
『我帶你去的那家咖啡館，記得嗎？』
「那家沒有名字的神祕咖啡館？」
『嗯，那是我第一次帶小雷認識小夏的地方。』
「然後呢？」
『然後我昨天夢見那個咖啡館，還有我們三個人第一次見面的那天。』
「嗯。」
沉默了有點小久之後，瑋眞才又繼續說：
『那時候小夏就坐在你那天坐的位子上，而小雷拉了一把椅子坐在我身邊。』
瑋眞嘆了一口氣，說：
『在夢裡我很生氣的指責他們，我說我眞的很生氣！是我先喜歡上小雷的，但是小雷卻一見面就要小夏作他女朋友，我眞的很生氣在夢裡面，然後我就摔了椅子走掉了。』
「忘記是看哪本書了，作者說夢會誇大我們在現實裡的反應，甚至是我們在現實裡忽略的，夢都會老老實實的表現出來，以一種誇張的模樣出現。」

『有道理。』

「會不會是妳到現在還沒有辦法釋懷這點，所以夢就替妳發洩出來了？」

『可是很奇怪的是啊！在我夢裡的小雷，卻是你的樣子耶。』

呃……

『所謂預知的夢應該是不存在的吧。』

「只是日有所思夜有所夢兼妳想太多了啦。」

『也是吧。』

瑋眞握緊了我的手，很緊很緊的那種握法，幾乎是要把她的手給握進我的手的那種握法。

『不知道現在的小夏到底在哪裡呀！到底要把自己藏到什麼時候呢？』

「妳也找不到她？」

『嗯，記得那一次你找我玩旋轉泡泡球嗎？』

「怎麼了嗎？」

『好好笑，我居然就對著電腦哭了出來。』

「因爲妳不會玩旋轉泡泡球嗎？」

眞是個不成功的幽默，因爲我聽見瑋眞吸鼻子的聲音。

『我那時候突然好想好想小夏，不知道她現在過得好不好，不知道……』

「爲什麼？」

『因爲以前我們習慣一邊在線上聊天一邊玩旋轉泡泡球。』

「……」

——如果小雷是女的，你是不是就會愛上他？

『不知道她如果一個人的話，該找誰玩旋轉泡泡球呢？』

——所以我改玩新接龍。

——你不在呀！沒人給我按接受。

「妳知道……爲什麼小夏喜歡玩旋轉泡泡球嗎？」

『嗯，有次我也覺得奇怪就問她，結果她回答說是這樣才能讓腦子空白下來。』

沉

默

「妳有帶菸嗎？」

『嗯？』

「不知道爲什麼，突然好想抽根香菸。」

望著已經暗了下來的淡水夜晚，我看著夜空上的下弦月，我看見孤單。

第十三章

我決定做一件很冒險的事情。

我再次來到這家神祕的咖啡館，爲的是去找那位臉很酷的老闆娘確定一件事情，當然不會是去請她開口叫我滾蛋或者是問我幹嘛要來（雖然我個人是還滿想這麼請求的），而是要去請她看一張照片，確認那始終存在於我心底的疑問。

是小雷和他女朋友的照片。

我帶著這張從電腦上列印下來的照片，來到這家神祕的咖啡館。

推開木頭大門我低頭走入，首先望了那張最角落的桌子一眼：空著。然後我走到吧台的位置時就停下了腳步。

臉很臭的老闆娘抬頭看了我一眼，依舊是沒有想要開口說話的意思，她只是用眼神告訴我：知道了，熱的卡布奇諾。

一貫的捻熄了香菸然後動手煮咖啡，我在她轉身從冰箱裡拿出牛奶時很用力的深呼吸，並且在她轉過身來時，趁我還沒取消念頭打退堂鼓時，趕緊說：

「我可以坐吧台的位子嗎？」

接著我終於聽到她開口對我說第一句話了，只不過她說的是我寧願她沒說的話：

『吧台沒放椅子。』

——男人呀臉皮不能太薄啦。

我想起顏瑋良曾經說過的，於是我厚著臉皮給自己拉了一張椅子到吧台前，就這樣和她面對面的坐著，她有點驚訝的看了我一眼，不過沒有說什麼，也沒有把咖啡潑到我臉上來。

感恩哪。

臉很酷的老闆娘依舊是繼續煮她的咖啡，很像是在做一件藝術品那種程度的全神貫注煮法。

熱的卡布奇諾做好、不是直接潑到我臉上而是端到我面前之後，她自顧著又燃起一根香菸，依舊是沒有想要抽的意思。

「為什麼總是把菸點了卻不抽？」

『因為我在戒菸。』

十分沙啞的聲音，很像是她那種人會有的聲音，以及回答。

「戒多久了？」

干你屁事。

本來我以為她會這樣回答的，但是結果她沒有，還好她沒有。

『從我開這家店開始。』

「哦。」

『夠久了。』

她又說。

「我沒有冒犯的意思，不過妳一天說得上兩句話嗎？」

她瞪了我一眼，把我的腳都給瞪到直發抖的那種瞪法。

「我是說如果沒有像我這樣無聊的人來找妳聊天的正常情形下啦。」

『我看起來像是喜歡聊天的人嗎？』

不用看也知道是不像。

當然，我除非是瘋了或者真的很想被潑個滿臉咖啡才會這樣回答她。

「因為我有個朋友是整天說不上兩句話的人，但是我沒有辦法找他聊天，所以我就來找妳聊天，可以嗎？」

『嗯。』

「謝謝。」

謝天謝地有這張大吧台遮著，因爲我的腳已經抖到不行了。

『我一天也說不上幾句話。』

「那是什麼感覺？」

她又瞪了我一眼，我只得抖著腳再度強調：

「沒有冒犯的意思，我強調。」

『很寂寞的感覺。』

「嗯？」

『一整天開口說不上兩句話，很寂寞。』

「那爲什麼不多開口說話？」

『是我自己的選擇。』

「什麼？」

『寂寞，我自己選擇的。』

「爲什麼？」

『除了寂寞之外別無選擇。』

「眞不是個最好的選擇。」

『不過是最合適的。』

「爲什麼合適？」

『因爲不想被打擾。』

唔……我想我明白她話裡的暗示了。

「對不起。」

『幹嘛突然道歉？』

「因爲我好像打擾到妳的寂寞了。」

『沒關係。』

捻熄了菸，她說：

『偶爾有這樣的打擾也不錯。』

謝天謝地，我的腳終於不再抖了。

『還要咖啡嗎？』

「好呀，謝謝。」

她於是又動手煮了咖啡，不過這次煮得比較久了些，因爲她做了兩杯，一杯給我，一杯給她自己。

黑咖啡和卡布奇諾，我們認識的起點。

「這咖啡館有名字嗎？」

『沒有。』

「懶得取？」

『隨便來的人愛叫它什麼就什麼。』

「那妳自己給它的名字是？」

想了想，她說：

『等待。』

「咦？」

『每個來到我咖啡館的客人，不管是一個人或者是和朋友，不管是聊天打屁或者是無聊的抽根香菸打發時間，在我看來，他們都像是在等待。』

「等待什麼？」

『這我哪知道，得問他們自己才行。』

說的也是。

『而且，有時候我會覺得這裡其實不是咖啡館，而是一個治療的空間。』

「治療？」

『嗯，上次你帶來這裡讀的那兩本書。』

嘖！原來一直偷偷注意我呀這女人。

「PLANET NO.3?」

『嗯，裡頭有一篇我很喜歡，寂寞勒戒所，我覺得我的咖啡館和他形容的地方味道有點像。』

「只不過妳是提供空間販賣咖啡，而不是教那些等待的人寂寞的人做運動種植物?」

『你其實還滿幽默的。』

「謝謝，不過我的幽默有點寂寞，因爲別人不太容易懂。」

她的嘴角微微揚起，我想那應該是代表她的笑容，只是她已經不太記得該怎麼笑了。

「我剛提起的那個整天說不上兩句話的朋友，他倒是跟我提起這本書的第一篇。」

『就是你現在正在做的事?』

「啊?」

『傳達者。』

忍不住，我問了她這個問題：

『妳認識小雷嗎?』

其實我想問的是：妳是小雷嗎?告訴我小雷是妳、而不是……好嗎?

她的嘴角又再度揚起，只是這次笑得比較明顯了些，她笑著說：

『年輕人，我開了一家沒有名字的咖啡館，我想那應該很清楚的表示、在我的世界裡是沒有名字存在的必要，甚至有時候當別人喊我名字時、我都得想一下才曉得那是在叫我，因爲我的名字對於我而言已經變成是陌生了。』

「……」

『是那個整天說不上兩句話的朋友？』

「小雷？」

『嗯。』

「我認識的小雷是這樣，但別人認識的……我不知道。」

『可能我看過他也不一定吧！但我不知道名字。』

像是不忍心我的失望那樣，她主動又說。

「那妳看過這個男生嗎？」

拿出了小雷和他女朋友的合照，我小心翼翼的問。

『你和你女朋友？』

結果她卻這麼反問。

「不是啦！這個人是小雷，就是整天說不上兩句話的那個朋友。」

『你們乍看之下滿像的。』
因爲帥哥都差不多長得一個樣。
本來我是很想幽這麼一默的，但結果我沒有，因爲我想這個幽默可能會寂寞到不行。
『他看起來不像是習慣沉默的人。』
「我也這樣覺得。」
『你們見過面？』
「沒有，連話也沒說過，我們是在網路上認識的。」
『沒有冒犯的意思，我強調。』
嘖！幹嘛學我講話，而且我終於知道這句話聽起來有多欠揍了。
『我只是覺得，如果有些人不想面對什麼的時候，又何必勉強他？那不見得就是對他最好。』
「……」
『就算是最好，但也不見得是最合適。』
「我想我知道妳的意思。」
我說，然後將杯中的咖啡喝乾，掏出錢準備付帳時，她卻按住我的手示意要請客。

「謝謝，妳的咖啡，以及接受我的打擾。」

然後我起身離去，在推開木頭大門的時候，我聽見身後她的聲音再度響起：

『有時候這樣的打擾也是不錯。』

「嗯？」

『對於那些寂寞到無助的人而言。』

「嗯。」

然後她接下來說的話，讓我受到了很大的震撼，而我只是在想，如果不是因爲她最後還是選擇說出的話，那麼……

那麼或許，永遠只是或許。

『我見過那男孩。』

「吭？」

『第一次帶你來這裡的那女孩，他們三個人一起來過這裡。』

——我昨天夢見那個咖啡館，還有我們三個人第一次見面的那天。

『那兩個女孩以前常來這裡，我對她們印象很深刻。』

「什麼時候的事？」

『很久了，那時候她們都還是學生的模樣，而上次帶你來的那女孩，她看起來變了很多，應該是畢業了正在工作吧。』

「欸，那後來呢？小雷有再來過嗎？」

『很少，他只來過幾次，都是和照片上的女孩一起。』

「最後一次是什麼時候的事？」

『也是很久以前了。』

——因爲小雷去年死掉了。

——小夏完全崩潰了！她不承認小雷走了！她說這只是他的惡作劇，小夏說他只是躲起來了，她甚至連小雷的喪禮也不去。

『不過那女孩……』

「嗯？」

『後來變成了自己一個人來。』

「哦。」

『她的改變更大，剛開始我差點認不出是她。』

——兩年前了吧！她現在變成短髮囉。

——哈！我眞的很會演戲對不對？

「妳記得她最後一次來是什麼時候的事嗎？」

她點點頭，她說：『上次你一個人帶著書來讀的那次，她就坐在以前的老位子上。』指了指最角落的位子，『她看起來就像是我說的那種人。』

「嗯？」

『寂寞到無助的人。』

──你認爲愛一個人就該告訴對方嗎？

──等到她的頭髮留回原來的長度時，就是要告別某些東西的時候了。

『寂寞的人聞得出寂寞的味道。』

老闆娘最後這麼說。

第十四章

不知道是不是那神祕咖啡館太狹窄的原因，當我和忘記自己名字的老闆娘道別之後，一踏出那低矮的門檻時，突然覺得鬆了一口大氣。

謎底終於揭曉了，是嗎？

只不過卻是我最不願聽到的答案。

我無心無緒的在街頭上走著，我不知道是想要去哪裡？想要做什麼？我只是很單純的想要走一段漫長的路，好讓我在平靜下來之前，不至於馬上衝動的回家上網，問小雷──

「其實妳就是小夏吧？」

──如果有些人不想面對什麼的時候，又何必勉強他？那不見得就是對他最好。

「面對眞的不是最好嗎？沒可能好過自欺欺人的繼續活著嗎？」

──就算是最好，但也不見得是最合適。

寂寞到無助。

那麼，現在的我，無助嗎？我想應該是吧！否則沒可能手機才一響我就立刻接起，否則沒可能一看到來電顯示著顏瑋良時，我還頭殼壞去的主動約他出來喝酒。

籃球場上，兩個男人，一手啤酒。

BLUE ICE，7-11買來的，一瓶二十八塊的那種。

『怎麼啦？看你鬱卒成這樣，該不會是從我的姐夫候選人名單被除名了吧？哈～～』

「沒有啦！我和瑋眞很好，你少唱衰我們。」

『那是怎麼啦？不要告訴我、我要當小舅囉！放心吧！我一定會教壞你們的小孩啦！哈！』

「小心我跟瑋眞打小報告。」

『哈哈哈～～』

顏瑋良開開心心的笑著，有時候我眞的很羨慕這傢伙，總是一副無憂無慮的蠢樣，甚至我懷疑就算是世界末日到了，他依舊會笑嘻嘻的放炮買酒慶祝，順便還來個「歡迎世界末日Party」。

「大頭，你記得你上一次難過是什麼時候的事嗎？」

『記得呀。』

「說來聽聽。」

『就你變了之後發現你居然比我還帥的那時候呀，哈！』
「嘖！你幹嘛不去死。」
『不要呀！反正人總是會死，我幹嘛急著自己去找它。』
「說的也是。」
『再說人生多美好，我想做的事還一大堆咧。』
「例如說？」
『例如說在你和我姐的婚禮上，當你們深情相吻的時候，站在你旁邊當伴郎的我，要偷偷放臭屁陰你，害你想吻也吻不下去！哈！那時候你的表情一定很好笑！笑死我！』
「誰說我要找你當伴郎了？」
『管你的我就是要呀！還自己穿西裝硬是跑去搶伴郎當，怎樣？』
「好呀！那我就把你的照片貼在門口，寫著：此人與狗不得進入，哈！」
『你很過分！』
本來我只是隨口同他白爛一下的，但不知道爲什麼，這白痴竟就當眞了起來，奇怪他幹嘛這麼care當不當我伴郎？
『你不要告訴我、你是要找那個網友當伴郎哦！』
「瘋了哦你！我隨便說說的好不好。」

『你們後來怎麼樣？』
「什麼我們後來怎麼樣？」
『你和那個網友呀？還擔心自己是不是會前後開弓嗎？噗哧！』
「低級。」
『我是！哈！』

寂寞的人聞得出寂寞的味道。
難怪顏瑋良從來就不會寂寞的樣子，原來是他把寂寞都當屁放掉了。

「假設說，如果有一天，你最愛的人死掉了，你會怎麼樣？」
『很傷心呀！不過我不會太難過。』
「怎麼說？」
『因爲我知道我們遲早會再相遇，在另一個世界裡。』
「嗯。」
『而且我會活得更用力，因爲我要連她的份也一起活下去。』
「說得眞好。」
『我也覺得。』

「但眞辦得到嗎？」

『當然嘛很難。』

小夏……

「那如果先走一步的人是我們呢？」

『這樣的話、我知道她會很傷心，但我希望她不要太難過。』

「怎麼說？」

『因爲我有把握她會知道我就是到離開了都還是很愛她的。』

「不會放心不下嗎？」

『不會，我知道她會把自己過得好好的，因爲我希望她那樣。』

「嗯。」

『而且我會先到那個世界等她，她不用太早來也沒有關係，因爲我不急，而且我在那裡也會過得很開心。』

「我可以把你的這些話寫下來嗎？」

『好呀，不過我是覺得沒什麼呀。』

「好吧那我就不寫了。」

『寫一下也沒關係啦！仔細想想我說得還眞是好哩！你有帶筆嗎？要不要現在就去買一支？』

自戀。

「但你想有沒有可能、當我們最愛的人先走一步了，我們會假裝成自己是對方，然後繼續活著？」

『這我是不知道啦，不過你是不是看了吉本芭娜娜的《廚房》，所以突然有這種感觸？』

「吉本芭娜娜的廚房？介紹香蕉的料理？」

『嘖！你眞是個文盲一枚！有空多看書啦！虧你的女朋友還是個編輯咧。』

對啦！只是編書卻不買書的那種啦。

『那本書所要傳達的就是這樣的概念。』

「什麼概念？」

『當最愛的人突然死掉了，就把自己裝扮成爲對方的樣子繼續活下去呀！酷哦。』

「是某種形式上的治療嗎？」

『看人吧！有些人搞不好認爲是某種形式上的依賴。』

依賴？

——我很喜歡那兩個字。

——到底。

「你有這本書嗎？《廚房》。」

『有呀。』

「可以借我看嗎？」

『好呀！不過你可別滴到咖啡漬或者摺到了，你知道、我最討厭書有摺痕或髒髒的，那樣我會很生氣。』

「知道啦，囉嗦。」

然後我就向顏瑋良借了那本香蕉的料理、不，是吉本芭娜娜的《廚房》回家看。

而我唯一做錯的決定是，一個人躺在床上閱讀這本《廚房》，並不是因爲躺著看書容易近視，而是讀到一半我就難過得幾乎失去了力氣。

因爲我好像突然明白了什麼。

「所以最合適的做法是，陪著她繼續演下去嗎？」

打開了嘴巴，我這麼問我自己。

「並且對她的寂寞給予幫助、卻不打擾？」

我決定上線。

並且很幸運的遇見小夏。

只遇見小夏。

『很忙嘛你！最近。』

「打工呀。」

『哦……也是啦！談戀愛確實是很花錢的。』

「而且你知道我打什麼工嗎？」

『牛郎店？』

「神經哦！是你委託我的那工作呀。」

『傳達者？』

「嗯嗯。」

『少來了你！我又沒告訴你要找的人是誰。』

「我大概猜得到呀！是不是去了火星的那位？」

笑臉符號。

沒辦法，我只好把顏瑋良在籃球場上聲稱要在我婚禮上放屁陰我、並且不知道爲什麼他硬是要當我伴郎的那些對話轉述出來，果然場子因此而熱了許多，因爲她顯然笑得相當開心，雖然我看不見她此時此刻的表情，但我就是知道。

我發現我好像越來越懂得怎麼逗她開心了。

而越來越懂得……

──你認爲愛一個人就該告訴對方嗎？

──眞是超級不負責任的話！眞應該把說過這句話的人全部捉起來送去火星關才對。

──因爲有時候只會造成對方的困擾，讓兩個人、甚至是更多人都受到傷害呀。她也害怕著和我一樣的害怕嗎？

「妳認識瑋眞嗎？」

『你打錯字了吧。』

「？」

『是你、不是妳。』

「隨便啦。」

『幹嘛？』

「因爲瑋眞、就是我女朋友，她剛好也認識一個叫作小雷的朋友，我在想會不會剛好就是你。」

『世界很大，沒那麼剛好。』

「說到這，你看過《廚房》這本書嗎？吉本芭娜娜的。」

『幹嘛？』

「那本書讓我想起瑋眞的一個朋友，認識她的朋友都叫她作小夏，而她的男朋友小雷——」

旋轉泡泡球。

她傳來想玩旋轉泡泡球的邀請。

我拒絕。

自欺欺人的生活態度就是最合適？

我不這麼認爲，所以我決定不想再演下去了，我直接問：

「一個人扮演兩個人會不會太累了？」

『你的幽默很難懂。』

「你現在是小雷還是小夏？」

一秒鐘不到的時間，她的狀態就顯示成爲離線，而這次，她甚至連再見也沒給。

我想，她又把自己藏起來了。

我想，我是搞砸了這一切，但奇怪的是，我一點後悔的感覺也沒有。

因爲我想幫小夏，或者應該說是，我想幫助扮演小雷的小夏。

可能這不是最好的做法，但我仍固執的以爲，是最合適的。

第十五章

當扮演小雷的小夏下線之後，我依舊是呆望著冰冷的螢幕不肯離開，我不知道自己到底他媽的是在堅持什麼，我只知道我現在沉重得失去了所有的力氣，我想我大概是需要有個對象能讓我傳送個笑臉符號過去，但問題是我螢幕上有垂直排列的三個小紅人，但是卻沒有一個人能馬上收留我的沉重。

妳不公平！

我就這樣可笑的望著電腦螢幕和網路嘔氣，直到螢幕的右下方顯示一個訊息告訴我有新郵件爲止——

她寄了封電子信件給我，此時此刻，她其實一直在線上，她只是不想讓我看見她，她把我封鎖起來，她把我對她的打擾封鎖了起來。

打開這封她第一次寄給我的電子信件，信的主旨是Sorry，而內容則是什麼也沒有，除了一個陌生的網址之外。

連結上那個網址之後，出現在我眼前的是一個PChome的新聞台，新聞台的台名叫作是《雷雨。夏天》。

而台長則是下雨天。

深呼吸了一口氣，我決定從第一篇文章看起：

我也不想這樣

詞／林夕　曲／Alex San

我也不想這麼樣反反覆覆　反正最後每個人都孤獨
你的甜蜜變成我的痛苦　離開你有沒有幫助

不知道為什麼我好愛王菲
無論是還叫王靖雯時候的她　又或者改回本名王菲的她
還有林夕也是　都愛都崇拜

不知道為什麼在遇見你之後　我就蠢蠢欲動的想要書寫
於是我開了這個新聞台　因為你　儘管我還沒有告訴你
我只是需要有個地方能夠收留我的不安　我不安　因為你

你看起來是個聰明的人　但你怎麼會愚蠢到相信所謂的一見鍾情呢
那其實只是一時的衝動　以及隨之而來的後悔
一見鍾情　借來的吧　借來的東西是沒可能長久的

迷魂記

詞／林夕　曲／謝霆鋒

怕什麼　怕被迷魂
扶著感情　得到細心　只怕喪心

突然接到你打來的電話　我眞是嚇了一跳
瑋眞那傢伙　擅自帶著你來我們的咖啡館就算了
這次就是連我的電話也自動給了　問也沒問一聲的
一定是瑋眞告訴你的吧　我不會接聽陌生的號碼
所以你先傳了訊息過來
還在看訊息時　電話就響起
手忙腳亂的　我接起
沒見過像你這樣矛盾的男生　長得高大帥氣的　卻偏愛撒嬌
你在電話那頭說我不公平呀　怎麼可以把過去受的傷當成拒絕你的原因

但是你知道嗎小雷　其實只是直覺
直覺告訴我　不要愛上像你這樣的一個男人
很危險　會受傷
而我　痛怕了

曖昧

詞／林夕　曲／陳小霞

猶疑在似即若離之間　望不穿這曖昧的眼
似是濃卻仍很淡　天早灰藍　想告別偏未晚

你就變成是每天在午夜前的十分鐘給我電話
有時候我接起　有時候我裝作沒有看到
我不是故作姿態　我眞的只是害怕

你甚至變成是每個週末下來台中
我眞的不認爲你是愛我　我覺得你其實只是想要征服
你只是想要證明　證明你想要的東西從來就不會失手
我只能這樣說服自己　以防止　愛上你
我的自我保護很強　對不起
一路走來我學到這點　只有自己才能保護自己

直到那天　那天你反常的不再嬉皮笑臉　你反而嚴肅
你皺著眉頭　你低聲問我
妳爲什麼要學他一樣放棄妳自己

當晚你傳了簡訊過來　你又問
就算不是給你機會　也　能不能給自己一個機會
相信　幸福的可能

在眼淚滑落的那一刻　我知道
你贏了　我輸了
但奇怪的是　我的感覺卻是溫暖

當時的月亮

詞／林夕　曲／李冰

看　當時的月亮　曾經代表誰的心　結果都一樣
看　當時的月亮　一夜之間化作今天的陽光

這次還是王菲和林夕　我知道你看了之後一定會是這個反應
好喜歡這首歌　當時的月亮
我們在一起聽的第一首歌　回想起來還是覺得好害羞：︵

我畢竟沒有你的勇敢哪　所以我才會說出那樣的話來
在電話裡我要你別再每天給我電話
我不要任何形式的依賴　不要你給我養成依賴

那是我　第一次聽見你生氣　聽見你受傷
但你還是倔強　你好勝的說那好呀你要掛了
你想去找一個你這輩子最愛的女生　你最後說

掛上了電話之後我哭泣　我就知道
就知道你沒可能愛我　沒可能只愛我
重蹈覆轍　自作自受

就這樣哭到睡著　直到手機響起
而時間是凌晨三點鐘　你打來的電話
你說你人到了台中　並且就在我家樓下

你眞的……
很討厭

約定

詞／姚若龍　曲／陳小霞

你我約定難過的往事不許提　也答應永遠都不讓對方擔心
要做快樂的自己　照顧自己　就算某天一個人孤寂

這次終於不再是王菲和林夕的組合了　因爲是換我寫給妳了
但前提是妳不能嘲笑我
因爲長這麼大我從來還沒寫過情書給女生　而且我的中文爛過日文
不過妳　特別

本來寫到上面那句時是想放棄了
因爲妳看了之後一定會嘲笑我而且還是和瑋眞一起
所以我只好把那段我們的對話寫下來當成是呈堂證供

哈

雷：可以把妳的心借給我嗎？
夏：你會還嗎？
雷：不會。
夏：那好吧，但記得別弄丟了。

P.S. 妳一定奇怪我怎麼會知道妳的密碼吧
本來我以爲會是妳的生日
但猜到差不多想把電腦給砸了的時候才發現
原來　是我們的：）

一口氣讀到這裡，我只覺得眼睛痠澀肩膀僵硬，但奇怪的是、我的意識卻異常的清楚，我清楚的明白時間不多了！因爲我仔細留意了這些文章的張貼日期，從第一篇到目前爲止、總共一年多一點的時間，才五篇……

是小夏一篇一篇的刪了嗎？否則沒可能吧！

沒可能……

蝴蝶

詞／林夕　曲／Adrian Chan

回憶還沒變黑白　已經置身事外
承諾不曾說出來　關係已經不再

眼淚還沒掉下來　已經忘了感慨
就像一碗熱湯的關懷　不可能隨身攜帶

我覺得好累　你氣我和他還見面
分手後爲什麼就不能還是朋友　是朋友爲什麼不能還見面
你總只要求我　卻不要求你自己　你自私

完了嗎這次　是吧我想
我從來沒看過你生氣　但這次你是眞的氣了吧
你把自己藏起來了　你不想見我　連電話也不接

算了吧
把自由還給你　把你還給你朋友
把眼淚還給我　把我還給我自己

不想再自私的佔有你了
我累了　我的心累了　愛也是
累得甚至忘了當初你說愛要永遠的孩子氣

誓言

詞／王菲　曲／王菲、竇唯

把我的心交給你來安慰　能不能從此就不用再收回
別以為執著的心就不會被碰碎　別以為我真的無所謂

我只是氣我自己　真的很氣
這段時間我把自己藏起來　誰也沒見
瑋真也沒見　雖然她是唯一看出我改變的人

認識妳之前的我　可以說是自信到幾乎自戀的人
但愛上妳之後的我　變得連自己都有點陌生
我也覺得有點害怕　但幸好只是有點
不是只有妳會怕　好嗎？

妳不准這麼不負責任　把我改變了之後卻說妳好累妳想走
不准

不准妳讓我不完整

我只是吃醋
那天從細微的動作我依舊可以看出你們曾經親密過的痕跡
我吃味　那很難受　所以我不要妳也相同的難受
我把那些多餘的電話全刪了　妳不想我再接起的那些

還有　說了妳不准笑
我已經開始在看台北的公寓了　一層的那種　有廚房陽台的那種
妳快點畢業來台北　快點讓我們永遠永遠在一起
快點在我決定去日本留學之前再來改變我的決定

紅豆

詞／林夕　曲／Alex San

還沒好好的感受　雪花綻放的氣候
我們一起顫抖會更明白　什麼是溫柔

還沒跟你牽著手　走過荒蕪的沙丘
可能從此以後學會珍惜　天長和地久

常常覺得好難想像呀　每當躺在你的懷裡時
你那孩子氣的臉老了之後會變成什麼模樣呢？
好難想像呀　孩子氣　你　永遠不會老似的

其實你才是個披著年輕外皮的老頭子哩　竟會害怕提及死亡
『他們都只是睡著了飛到火星去而已』　你總這麼說
眞是多虧你想得出來

好了不寫了　看了你又胡思亂想瞎操心的
明天可是我們第一次到東京呢
不過我可不准你畢業後跑去日本留學　呈堂證供囉
P.S. 以後我們要住的公寓最好是有浴缸的那種浴室

人間

詞／林夕　曲／中島美雪

但願你的眼睛只看得到笑容　但願你流下每一滴淚都讓人感動
但願你以後每一個夢　不會一場空

天上人間　如果真值得歌頌
也是因爲有你　才會變得鬧哄哄

回來了　好累呀　不過不曉得爲什麼卻不想睡
就算是過動兒如你　此時也累得睡沉了
孩子似的睡顏　好可愛
好想關了電腦過去抱著你鬧你吵醒你
可一看你睡得那麼沉卻又捨不得了

你啊　好可惡

在東京鐵塔上　眾目睽睽的　竟就跪下求婚
好糗呀　可是　好甜　你爲什麼就是讓我愛不膩呀

你呀　又打呼了你
好累　終於也想睡了
不管會不會把你吵醒　我今天就是要抱著你睡
緊緊的那種　並且　不放

笑忘書

詞／林夕　曲／C.Y.Kong

沒　沒有蠟燭　就不用勉強慶祝
沒　沒想到答案　就不要尋找題目
沒　沒有退路　那我也不要散步
沒　沒人去仰慕　那我就繼續忙碌

『搭兩個小時的車去給妳買粥會不會太感人哪？』
當你來電話聽到我得急性腸胃炎整天都沒吃東西時　你笑嘻嘻的說
你教我怎麼接受這竟會是你對我說的最後一句話

『你們聯手起來整我是不是！』
我吼瑋眞　摔了電話　大家全瘋了是嗎
不要開這種玩笑小雷　不要　這玩笑太大　不好笑　別隨便亂開
你連死這個字都害怕講　沒可能你會在來的途中車禍死亡
我要生氣了眞的　別鬧了小雷　我要生氣了

我沒去那場告別式　太荒謬了
弄得跟眞的一樣　眞可笑
我很想打電話教你別鬧了　可你不接我電話
又生我的氣躲起來了是不是
不要這樣小雷　你快出來　你老躲著我們怎麼一起變老
乖　小雷　你出來

還是被瑋眞找到了　在那咖啡館裡　好煩哪
一見我就大驚小怪的　問我怎麼也抽菸了
『想小雷就抽他的菸哪！欸瑋眞，小雷有告訴妳、他生我什麼氣嗎？他再不出來找我、我眞要跟他分手囉！一輩子的那種哦！』
『小夏……』
瑋眞沒告訴我答案　她反而哭
好煩哪　你最怕我哭的不是
你爲什麼又要怕我哭又要把我惹哭
你不乖　小雷你不乖

不　不哭　不能哭　我沒哭

我只有在你面前才哭的　你一天不回來　我就一天不掉眼淚

『妳爲什麼寧願相信小雷是躲起來了也不相信他走了！』

瑋眞還要說　好煩哪　她還在哭　她哭得讓我覺得好討厭哪　哭那麼眞

你看了是要笑的

『這樣起碼他還活著。』

我說　起身　走人

眼淚　差點掉下來

第十六章

臉上冰冰涼涼的是什麼？竟然是淚！

不行哭！小夏會心煩的。

於是我望著天花板，努力的做著深呼吸；早上的課已經不打算去了，現在的我只想知道小夏後來怎麼了？

接下來的這篇文章時間是六月一號，我第一次遇到假扮小雷的小夏那天。

我們生日的那天。

給小雷1

做了一個感覺充滿無助的夢
夢裡一個陌生的男生打電話給我　不知道爲什麼
我清楚的意識到那男聲是你　可是陌生
男聲冷漠的質問我爲什麼不再聯絡　我不知道該怎麼回答

我覺得有點委屈　我慌

無助

場景一轉　電話的來源變成那個房間　那個充滿我們回憶的　你的房間

大門是敞開的　而我一步步的走近　我並不想要走近

可我卻無法自主的　依舊走近　我越走越不安　越走心越慌

我感覺到我彷彿就要看到什麼了　可我並不想要看到　並不想要　並不想　並不想

倒抽了口氣我倏然驚醒　發現臉上早已滿是眼淚

連眼淚也孤單哪　你竟然讓我連眼淚也孤單。

給小雷2

寄出去的信是沒有辦法再收回的了　就像給出去的感情一樣

就算眞要得回來　我的心再也沒有多的位置可以放了

所以　我以這樣的心情mail給你　就算成爲收不到的信也無所謂

在你生日的這天　我努力思索了很久　才得以將所有的感情從信裡剔除

那些你不要的　困住你的　我的愛情
將這樣一封不帶情感的　冰冷的信寄給你　即使你再也不會收到。

給小雷3

接近午夜了　我覺得呼吸困難　我感到坐立不安
不應該這麼做的　不應該寄那樣冰冷的信的　不該再讓你生氣的
還是捨不得那一封無人認領的信件　我的信件
我覺得不甘心　從來沒收過你的信

我突然想用你的ID上線收信　想假裝成是你　終於回信給我
我輸入你的生日當密碼　沒成功　怎麼會　我想不通
於是我實驗性的輸入我們兩人的　就成功了
我還是輸給自己了　我還是哭了
我哭得好難過　整個人彷彿就要昏眩過去了
我難過　你離開這麼久　我還是沒停止過愛你

你的身影在我的心底還是那樣的鮮明
鮮明得好像每天醒來睜開眼就能看到你用吻鬧著喚我起床
用那孩子氣的嗓音催促　欸　要出去玩啦　別賴床呀
沒有一刻不想你　沒打算放棄　這愛你的念頭。

沒想到　接下來我所看到的　卻狠狠的令我倒抽了一口氣——

給小雷4

於是我變成了你　在網路上
而我只是在想　到底你人在哪裡
睡著了飛到火星去嗎　在火星的你　知道我還是好想好想你嗎

靈機一動的　我想找看看有沒有一個就叫是火星人的ID
能不能幫我把這份思念傳送到火星去　去給你
要你回來　看看我　在夢裡　別只給我聲音聽

沒想到眞就讓我找到了
不過還是算了吧　這個人太笨了　連旋轉泡泡球也不懂玩
這麼笨的傢伙怎麼可能幫得了忙　找得到你
才想放棄了把他封鎖時
沒想到他卻傳來訊息問我好不好祝他生日快樂
我楞住　是你嗎小雷　你眞的只是在開我玩笑對不對？

給小雷5

很顯然的　這火星人絕對沒可能會是你
太笨了呀　居然問我認不認識蕭亞軒
接著還像個娘兒們那樣的哭哭啼啼了起來
是剛失戀吧這笨蛋　居然蠢到問我幾塊腹肌
但我卻又不禁懷疑　眞的是我把你學得太像了嗎
又或者只是這火星人單純的沒腦而已？

火星在什麼方向？

給小雷6

不曉得爲什麼還會想再上線　可能只是太久沒玩旋轉泡泡球而已吧
懷念哪
不知道瑋眞現在過著什麼樣的生活呢
有沒有終於能遇到一個她能夠眞正愛上的男人呢？

火星會下雨嗎？

我發現這蠢火星人其實還滿有趣的　竟問我有沒有女朋友
不知怎麼的竟就和他聊起了你
好難過呀還是　好想你　卻沒可能再見到你
不能和你一起　聽了快一年有了吧　忘了呀
時間之於我好像已經失去了意義
現在的我僅是以頭髮的長度來丈量時間的寬度了。

給小雷7

人還滿好的這蠢火星人　關心我的失眠　還要我多運動
他好像很擔心我的樣子　爲什麼要擔心一個陌生ID呢
爲什麼我好像有種給養成了依賴的感覺呢
爲什麼我會想讓他看看我的模樣呢？

給小雷8

火星人不曉得什麼毛病　長得不錯卻不想交女朋友
我懷疑他其實沒有愛過　沒像我們那樣眞正的愛過
好久沒和誰聊起你了呀　好久沒開口說過話了
不小心把這件事情說出　結果他竟擔心到想給我電話
不行這樣呀不行的　不行再依賴網路了
不行再有任何形式的依賴了。

給小雷9

於是我就把火星人給封鎖了　雖然因此而變得有點寂寞
不過沒關係　本來我就寂寞慣了
然而我卻又收到他寄來的電子信件　SOS
怎麼啦發生什麼事了嗎？
當我發現到我竟然很擔心這個蠢蛋時　眞也嚇了一跳

還是破了戒上線　總是朋友一場呀　我這樣告訴自己

爲什麼呢？爲什麼要關心我呢？
爲什麼當他強調只是出自於朋友的那種關心時　我的感覺竟會是失落呢？
都忘了呀　我現在是你而不是我　都忘了呀。

給小雷10

愛一個人就該告訴對方嗎

那天下線之後我被自己的這個問題給困擾住了
其實我眞正被困擾住的是　火星人說的
愛不會讓人受傷　會讓人受傷的不是愛

自從你突然的離開我之後　我就一直覺得好受傷　很傷心　很傷
小雷……你回來　回來好不好
我好無助　好害怕　很怕。

給火星人

現在該用第一人稱稱呼你了　很抱歉我騙了你這麼久
很高興認識你這個朋友
謝謝你讓我這段日子以來　寂寞得不再那麼無助
謝謝你寄信來給我　就算那個人不是小雷也好
我們的關係源自於巧合　而結束……
我眞的不知道究竟該謝巧合還是該怪它

或許都該吧

謎底揭曉了　這是我一個人的自導自演
是我一人分飾兩角的獨角戲
抱歉竟會將你牽連進來　抱歉騙了你這麼久
呀……這句話重複了呀
算了吧　沒關係　你不會生氣的我知道

眞的眞的很高興曾有過你這麼一個朋友　最特別的朋友：）

P.S.　瑋眞是個好女孩　別擔心她的古靈精怪　那正是她的魅力所在
　　還有　她並沒有看似的勇敢　好好保護她　好嗎？

你的　地球人

看到這裡，我實在不知道是該高興還是難過。
雖然小夏是那麼盡情的嘲笑著我的愚蠢，雖然小夏沒有經過我的同意就擅自稱我爲火星人，雖然她始終是這麼沒有禮貌並且脾氣很差，雖然我很傷心她始終沒有把我列入演員名單；但我還是很想告訴她，這並不是一場獨角戲，並且身爲唯一觀眾的我，還是很想讓她知道這場戲不該草草結束，而應該只能算是先進廣告、中場休息。

我於是決定做了最後一次的打擾，我在留言版上留言給小夏：

留言者：火星人

內　容：我在那家咖啡館等妳

每天的十一點五十分

不打擾妳　只是等妳

等到妳終於願意走出來爲止

二〇〇四。春

第十七章

於是每天的十一點五十分，我開始來到這家咖啡館守候，就技術面而言，我等待的是小夏的出現，但就現實面而言，我想我等候的是一個未知數。

她始終沒再上線過，沒再出現過。

她去哪了嗎？她在哪裡？過得好不好？有沒有能夠終於、把自己照顧好？

關於等待——

有課的時候我就直接蹺掉，沒課的時候我就提早到來；絕大多數的時候，沒有名字的老闆娘仍是只把我當成熟悉的陌生客人，而且是每天第一個上門的老客人；難得她老大心情好的時候，則會端著咖啡坐到我的對面打擾我的等候。

有時候我們會聊上幾句，有時候則是沉默的各自陪伴彼此的等待，每當那個時候，我總會接過她燃起卻不抽的香菸來抽，因爲我還是覺得那樣子的做法眞的有夠浪費。

而我只是在想，那天在這咖啡館裡，或許就在這同一個位子上，小夏在瑋眞面前抽起的那根香菸，會是什麼滋味？

瑋眞——

星期六這天，我依舊在十一點五十分時來到，並且在一點整的時候離開，因爲我得上台北去找瑋眞，而小夏其實說得很對，瑋眞並沒有她看似的勇敢，她最近顯得心情很低落的樣子，我想那大概是顏大頭那個死大嘴亂打小報告吧！

離開咖啡館的時候，我把王菲最新的專輯《將愛》交給老闆娘，我想請她幫我個忙，如果小夏來到這咖啡館時，能不能請她改放這張專輯，而不是再放年紀恐怕都比我還大的英文老歌了。

將愛進行到底　溫柔尚在　寂寞永生

詞／曲　王菲

台北車站——

不知道瑋眞是有事忙或者只是睡過頭了，這次她讓我等得有點小久——當然，這所謂的小久只是比較客氣的講法。

我等得有點擔心，杞人憂天的那種擔心，本來我以爲自己已經習慣了等候，而此時此刻我才明白，有些東西是永遠也習慣不來的，例如未知數，又或者應該說是——睡著了飛到火星去旅行——的這件事情。

『嘿！抱歉抱歉！等很久了哦！』

一個小時過去之後，瑋眞終於出現，教人久等了也依舊能保持一張好看笑容的那種出現法，絲毫沒有愧疚的那種神色自若。

我鬆了一口大氣。

「還好啦！比起我們第一次見面來說，妳這次算是客氣了。」

接著瑋眞開開心心的笑著，忍不住我緊緊抱住了她，感受著她的香氣她的心跳，我有種安心的美好。

『戀人哪！最佳的街頭風景明信片。』

瑋眞突然說。

「什麼？」

『我在雜誌上看到的，李欣頻寫的文字，好像我們這樣哦。』

於是我將她抱得更緊了些。

『自從被你嘲笑之後，我就開始每個月買書了。』

「是買雜誌吧我看。」

『喂！』

——妳不准這麼不負責任　把我改變了之後卻說妳好累妳想走。

『其實我只遲到了半個小時。』

「嗯？」

『來的時候我遠遠就看見你了，看著你在人群中搜尋的眼神，不知道爲什麼，我就好想再看下去哪。』

「一看就看了半個小時？」

『我就是突然想要看看你等著我的樣子，被人等待的幸福感。』

「是擔心才對！我還以爲妳是來的途中出了什麼事咧。」

『很難得呀！我怕沒機會了嘛。』

「突然的、說什麼呀妳？」

『你不覺得被等待就像是早上起床時的那個睡覺姿勢那樣嗎？』

「哪樣？」

『那個睡姿是讓我們睡得最舒服的姿勢呀！像是被等待之於愛情一樣，同樣珍貴啊，但卻往往被匆匆忙忙的忽略了。』

「妳怎麼了嗎？突然這麼感傷的樣子。」

瑋真沒說什麼，她只是牽起我的手，我們來到最初的那家STARBUCKS。

STARBUCKS——

「陪妳抽根菸好嗎？」

看著瑋貞兇狠的啃著蛋捲時，我笑了出來的問。

『你不是要我戒菸？』

「我後來仔細想通了呀！愛是接受，而不是一味的要求對方符合自己想要的形象。」

『呵。』

兩根香菸燃起，瑋貞吐了一口漂亮的煙圈，她瀟灑的彈著菸灰，只不過很顯然她彈菸灰的技術遠不如吐煙圈，因爲她把菸灰弄得整張桌子都是，一時間竟讓我有種她其實是正在鬧彆扭的錯覺。

『瑋良說得沒錯。』

「嗯？」

『你怎麼了？變了好多。』

我怎麼了？我自己也不知道，我不知道該怎麼回答，不知道該不該告訴瑋貞事實的眞相……

「妳覺得死後是什麼樣的世界？」

『冰冰涼涼的，所以到時候你別忘了幫我多燒幾件外套來，當然、前提是如果到時候我們還保持聯絡的話！』

「瑋眞！」

『我不要你隱瞞我！你老實告訴我沒關係呀！你到底他媽的是怎麼了！』

此時鄰座的人看熱鬧似的紛紛望向我們，是誰說這個城市太冷漠的？明明大家都還很關心別人、愛看好戲呀。

「如果我說，我們認識的小雷其實是同一個人，妳會相信嗎？」

『見鬼了才相信！小雷已經死了！』

「或者只是睡著了飛到火星去而已？」

我於是試探的問，而瑋眞的反應是楞住。

她也曉得他們的火星。

『小夏？』

「嗯，是小夏扮演的小雷，我認識的小雷，妳認識的小夏。」

『所以呢？你接著要告訴我終於你可以不用再困擾了？終於可以放心的愛上她了？』

「不是。」

『沒關係呀！只是重蹈覆轍而已嘛反正！這麼說對嗎？果眞他媽的是個預知的夢！』

瑋眞逞強說，但她的眼睛卻是開始下起雨，無聲的那種安靜雨滴。

小夏說錯了吧！瑋眞的眼淚不會讓人心煩，而是讓人心疼。

「陪我一起去等小夏好嗎？」

『什麼？』

「去那個咖啡館，我們一起等小夏。」

『然後呢？再對你們說一次我夢裡的話嗎？』

「不是，然後妳們就可以NG重來。」

『妳們？』

「嗯，妳和小夏。」

『那我們呢？』

「我們好好的幹嘛NG重來？頂多只是進個廣告而已吧。」

瑋眞笑了，這輩子我見過最美的笑。

在火車上我們唯一有過的對話是：

「嘿！妳這次有聞到屁味嗎？」

『沒有，不過如果這麼巧又有人放屁了的話，我會叫你深呼吸的，你放心。』

古靈精怪正是她的魅力所在，眞的是。

小夏。

結果這次我們依舊沒有等到小夏的出現，我們待了一整個下午，在離開咖啡館之後瑋眞直接回台北去了，畢竟她還得工作，不過到火車站的路上她倒是一直交代我、囉囉嗦嗦的那種交代法：

『你要繼續等小夏哦！連我的份一起等哦！』

「好啦。」

『如果到時候眞等到了的話，你一定要把她留下來哦！用陰的把她敲昏了也可以，因爲我一定要見到她，我實在媽的想死她了！』

「明明就是秀秀氣氣的一個好女孩，爲什麼講話老是這麼粗魯啊妳？」

『你管我。』

於是我答應了瑋眞這個約定，但其實我並沒有把握能夠爲她履行，因爲我始終沒有等到小夏的出現，我也沒有追問老闆娘這件事情，因爲店裡面的音樂始終是老我很多的英文老歌。

直到這天，老闆娘難得又心情很好的端了咖啡坐到我的對面來。

『你給了我一個靈感。』

「終於肯給咖啡館取名字了？」

『不是，是辦了貴賓卡打八折或集點這一類的。』

「妳的幽默比我的還冷門。」

然後她笑，比較上手了的那種笑容。

『乾杯。』

「爲寂寞的幽默乾杯？」

『不是，爲了要你再買一杯卡布奇諾乾杯。』

「終於比較像個老闆娘了啦妳！」

『不過，你到底在這裡喝掉了幾杯咖啡了？』

「不曉得，算不清了吧。」

『你很善良。』

「謝謝妳的讚美，如果這是讚美的話。」

『只是不夠聰明。』

「吭？」

老闆娘笑而不答，接著我看見她在我面前抽起第一根香菸。

『雖然我沒有小孩，但是如果我有的話，我不會高興他每天蹺課跑來泡咖啡館空等待。』

「哦。」

『所以，我的營業時間要改了，從下午到深夜，你以後這麼早來也沒用了。』

這代表我永遠沒可能在這裡聽到王菲的歌了嗎？

那可以把我的唱片還給我嗎？

本來我很想這麼幽上一默的，但結果我沒有力氣，我沉重得失去力氣。

『別想太多，只是因爲超過十二個小時的營業時間很不人性化而已，我畢竟只有一個人。』

「妳的意思是？」

『一個是中午來一個是晚上來，有人是這樣約時間的嗎？』

「她來過？」

『女士優先，所以你就配合她吧。』

「妳幹嘛不早講！」

『因爲我畢竟是這個咖啡館的老闆娘。』

老闆娘又笑了，很可惡的那種笑法。

『下次來我放給你聽吧！那首歌、挺好聽的。』

於是這天午夜前的十分鐘，我準時來到這家咖啡館。

當我習慣性的推開木頭大門、低頭走入時，我聽見一句想聽很久了的話：

『滾蛋。』

老闆娘頭也沒抬的說。

我先是一楞，然後笑開來，接著我期待的望著那最角落的桌子——空的？

怎麼會？

『她來過了，但先走了。』

失落。

『回家吧，這麼晚了就別再喝咖啡了。』

「那我喝酒可以嗎？」

『嗯。』

兩杯長島冰茶，兩份寂寞。

『對不起，我不擅長留住人。』

「沒關係，妳已經幫我很多忙了。」

『要聽音樂嗎？』

「嗯？」

『放首歌給你聽吧，反正打烊了。』

王菲的，將愛。

在一首歌的沉默之後，老闆娘先打破了這沉重：

『結果變成我是傳達者了。』

「她頭髮？」

『嗯？』

「留長了嗎？」

『嗯。』

眼淚，滑落。

『別擔心，她看起來比以前好多了，精神多了。』

「嗯。」

『還有，她說不確定你有沒有這本書了，但她就是想要送你。』

吉本芭娜娜的，《廚房》。

翻開書的扉頁，我的眼淚滴落在那龍飛鳳舞的字跡上：

To 我的火星人：
謝謝你的等待
別擔心我
我會好好的
再見

From 你的地球人

妳眞是……我遇過最不負責任的人！

To 我的地球人：
我沒要勉強妳忘記他
相反的　我只是希望能陪著妳一起懷念他
和瑋眞一起　她很想妳　她要我轉告妳這點
我覺得有點抱歉　我幫不上她這點忙
我只好把這些話寫在信裡
就算變成是一封無人認領的信我也沒有所謂

P.S. 要過得好好的　連小雷的份一起

From 妳永遠的朋友　火星人

我伏在最角落的那張桌子上寫下這封信，當我將它拿給老闆娘、請她代爲轉交時，她只是接過然後轉身將信釘在牆上，沒有說些什麼，也沒有在我離開的時候來上這麼一句：幹嘛要來！

是小夏忘了還是她忘了？算了吧。

二〇〇四。夏

終章

之後我不再每天上那咖啡館，對於這點瑋眞是有些不能諒解的，而我也只能淡淡的如此解釋：

「有時候單方面一味的等待，只會造成對方的壓力啊！」

偶爾我們還是會想起小夏，聊起小夏，我們各自認識的小夏，不知道她現在人在哪裡？過著怎麼樣的生活？還是繼續失眠嗎？有沒有終於能夠不那麼孤單一點了？

我變成大概一個星期一次這樣左右的程度，因爲我也越來越忙了，忙著我的人生，我的未來、和瑋眞一起的未來。我會回到那咖啡館去喝一杯卡布奇諾，去打擾老闆娘的寂寞，也順便去看看那封信被拿走了沒有？

總是還在，總是。

直到這一天，隔年我生日的這一天，不知道爲什麼我刻意又挑了午夜前的十分鐘到來，或許我只是想要紀念些什麼吧。

「今天妳要請客。」

一進門，我就對老闆娘如此下馬威。

『爲什麼？』

「因爲再過十分鐘就是我的生日了，生日還得自己付錢喝咖啡的話，是會倒楣一整年的。」

『那你可以現在先買單沒關係。』

「喂！」

老闆娘笑了起來，又問：

『怎麼沒跟女朋友一起過、反而自己跑來喝咖啡？』

「她明天才休假，所以我們明天還會再來一次。」

『眞不想連續兩天看到你，那是會倒楣一整年的。』

「幹嘛老愛抄我的話講呀！歐巴桑。」

『想被潑咖啡？』

「sorry。」

哈。

『不過今天是星期六她還上班？』

「嗯，說是要加班。」

『哦。』

習慣性的走到最角落的位子坐下時，才想到今天一進門光顧著和老闆娘打屁、倒是忘了看信還在是不在？

沒關係，明天吧。

『生日快樂。』

端了卡布奇諾過來時，老闆娘同時說道，才想要她也一起喝杯咖啡時，我的手機就響起了。

搖搖頭我嘆口氣，一想到連續兩年第二個對我說生日快樂的人都是顏瑋良時，我就覺得眞的是會倒楣一整年啊。

「你用你女朋友的手機打給我哦？」

『不是，我沒有女朋友。』

愣……陌生的女聲。

該不會是顏瑋良找了誰來整我吧？

八成是。

『你佔了別人的老位子了。』

電話裡的女聲又說。

倒抽一口氣我抬頭望向門口，我看見小夏拿著手機推開木頭大門出現，而時間剛好是十二點整。

同時老闆娘把店裡的音樂換成是王菲的專輯，我得說，她的咖啡雖然煮得很慢，但音樂倒是換得很快。

『抱歉哪！我來晚了。』

「不會啦！我也剛到沒多久。」

說完，我才反應到小夏原來指的是日期而非時間，爲此我終於能夠釋懷她曾經是那麼盡情地嘲笑我愚蠢的這件事情了。

很奇怪的感覺，明明就現實面而言，我們是初次見面的兩個人，但就技術面而言，我們感覺起來卻像是久違的老朋友了。

而且是交過心的那種。

「把頭髮留長了？」

『是呀！怕瑋眞認不出我來嘛。』

「也是怕小雷不習慣吧？」

然後她笑，凝望著小夏的笑容，我終於能夠明白、爲什麼小雷會至死都愛著這個女孩，並且不放。

那是一種言語、文字所無法描述的笑，或許就如同小雷所說的、特別。

特別能打動人心的笑。

「妳可以送我一個生日禮物嗎？」

『什麼禮物？』

「明天中午的十一點五十分，我們在這裡碰面好不好？因爲明天瑋眞就會來了。」

『嗯……』

她顯得爲難，於是我只得快快改口：

「還是那時候妳有事？沒關係我們改時間也可以。」

『也不是啦，只是我已經見過瑋眞了。』

「啊？」

『我剛剛就告訴過你啦。』

「啊？」

『當你問我頭髮的事情時呀，我說怕瑋眞認不出我呀！就是代表我們見過面啦。』

「啊？」

『你喲。』

小夏笑著搖搖頭，那是我這輩子見過最溫柔的笑容。

『這就是我們一致認爲你爲什麼給人感覺笨的原因哪。』

「啊。」

『你總是非得要人把話給說白了才會明白呀。』

「那是因為妳放了太多的暗示在話裡面了吧。」

『那是因為我不曉得怎麼有人可以像你笨成這樣呀，呵。』

小夏就是小夏，連罵起人來的感覺都教人舒服。

「所以呢，妳們聊了些什麼？」

『聊往事呀、小雷呀，還有你。』

「噢……」

『還有，我們以前討論過的一個問題。』

「兩個老太婆坐著搖椅還叫顏大頭那狗東西給妳們送飯的這個問題嗎？」

小夏又笑，關於她總是能夠捉住我的笑點的這件事情，坦白說我真的感覺到很高興。

『是關於愛一個人到底該不該就告訴對方的這件事情。』

接著小夏筆直的凝視著我，我感覺到我的心跳漏了不只一拍。

『話題回到——』

「為什麼要突然轉移話題？」

小夏或許擅長演戲，但我想那應該只侷限於網路，因為眞實的她、眼睛清澈得藏不住心情。

『以前我覺得你笨，但現在我覺得那其實只是你的善良和溫柔。』

「瑋眞的答案是什麼？」

『嗯？』

「關於妳剛才說的那個問題，瑋眞的答案是什麼？」

『就像她對小雷那樣，絕口不提。』

「那妳呢？」

小夏低下頭，沉默了一會之後，答非所問道：

『謝謝你寫給我的信，我會把它記在心裡的。』

「那妳呢？」

氣氛有點感傷，並不是因爲老闆娘此時走過來把鑰匙交給我說她要先回家了走的時候記得替她鎖門然後把鑰匙放在信箱裡——而是因爲此時的小夏紅了眼眶。

「妳知道嗎？妳實在把我害得很慘呀。」

『嗯？』

「那一陣子我眞的強烈懷疑自己會不會其實是同性戀，還因此把《春光乍洩》看了好幾遍！本來還打算去看《藍宇》——」

打斷我，小夏說：

『那不是愛，是關心。』

妳憑什麼替我決定？
「那是因爲我把妳放在心上了。」
『嗯？』
「妳那時候問過我的，爲什麼要那麼關心妳，因爲我把妳放在心上了，我一直很想這麼告訴妳。」
『所以瑋眞才騙你、她今天不能來。』
突然的，小夏又說。
「嗯？」
『她要我想清楚再說。』
「想清楚什麼？」
『關於重蹈覆轍的這件事情。』
「……」
『那也不是愛，是依賴，我想清楚了。』
「嗯？」
『那一陣子，你把《春光乍洩》看了好幾遍的那一陣子，我也一樣。』
「一樣在看《春光乍洩》嗎？」
小夏忍不住又笑了出來，只不過這次是、百感交集的笑。

「那以後還可以和妳一起玩旋轉泡泡球嗎？」

『跟瑋眞一起玩就好啦。』

「但我不想瑋眞知道她的男朋友是個沉迷於旋轉泡泡球的人哪！會很沒有面子的感覺。」

『呵！那好吧。』

「還有，那麼可以換妳幫我完成那個心願嗎？」

『你哪來那麼多心願呀！』

「我是壽星呀！一年才這麼一次。」

『對哦！差點忘了，生日快樂！』

而妳知道嗎？小夏，妳的出現是我今年收到最好的禮物。

只是，我不這麼告訴妳的原因是，我終於也明白妳在話裡最大的暗示了：愛一個人並不一定就要告訴對方，特別是當有可能會讓三個人都受到傷害的時候。

「明天中午的十一點五十分，我們在這裡碰面好嗎？我們三個。」

『很抱歉……』

「還是不行嗎？」

『不……因爲明天我要去日本了。』

「去日本？」

『留學，替小雷完成他的心願哪。』

「怎麼突然的決定？」

『因爲突然的決定。』

「那妳的心願呢？」

『就交給瑋眞了。』

「……」

『別露出那種表情嘛！是你提醒我的耶！要連小雷的份一起用力的活著呀。』

「還可以再見到妳嗎？」

『可以呀！別忘了我們是怎麼認識的好唄。』

「嗯。」

『還有，明天的十一點五十分，別忘了要來哦。』

「嗯？」

『因爲有人會在這裡等你呀。』

「瑋眞？」

『祝你們幸福。』

這是小夏對我說的最後一句話，無論是那天，又或者是最後。

二〇〇九・春

To我的地球人：

好久不見。妳，好嗎？

這些年，發生了好多事啊。

王菲還是沒有想要復出再唱歌的意思，不過今年聽說拍了個廣告，洗髮精廣告，台灣還沒看到；而林夕還在寫著，依舊透過歌感動還聽著的我們，還好，眞好。

順道一提（雖然是首先就想告訴妳的）：瑋眞當媽了，還堅持以妳的名字為我們的女兒命名，每當看著她笑著仰起的小臉蛋時，我總是會想起妳，請別覺得我誇張，眞的沒誇張，儘管我們只見過一次面，但妳的模樣眞的眞的已經深深印在我的心底，還不褪色。

而妳，眞的是太狡猾了啊。

太狡猾也太過分了。

太過分了。

原來那是告別，那、我們第一次卻也是最後一次的見面，原來只是告別，妳啊……

算了，別再說這個了，再說下去的話，我又要把自己關在浴室裡打開水龍頭唱歌了。

託妳的福，後來的我，眞是越來越常唱歌了呢。每當想起妳，每當想起再也見不到面、卻依舊很思念的妳時，我總讓自己唱歌，把說也說不出口的思念唱進歌裡，唱給妳聽。

否則怎麼辦呢？怎麼把思念傳達給妳呢？單向的思念、除了唱歌之外，還能怎麼傳達呢？而去了火星的妳，聽得到嗎？知道嗎？過得好嗎？見到小雷了嗎？你們好嗎？火星好嗎？妳好嗎？

妳好嗎？

好吧，今天就先寫到這裡了，我們的小夏又要爸爸我說故事給她聽了，再過幾年，或許我會把這段火星人與地球人的故事說給她聽吧？或許。不過現在，她還只適合聽童話故事，嘿！妳小時候也愛聽變形金剛更勝小美人魚嗎？好好，我知道，我們小時候還沒有變形金剛。

好了，眞的該關電腦了，她脾氣不太好，這點跟妳眞的很像，呵。

下回聊了，我的地球人。

想妳的，火星人

橘書之外，橘子九年

我已經寫了九年的故事，在這九年來的每一天，沒停過。
這九年來的很多日子裡，我掙扎過，放棄過，挫敗過，卻，沒停過。

而，九年後的今天，
我想寫的，是故事之外的，
這九年。

第一個三年

二〇〇一年，九月

橘子，誕生

唱給火星人的十首情歌

這本書在橘子作品集裡編號是爲二，可是實際上，《唱給火星人的十首情歌》才眞正算是我人生中的第一部作品，而那年的我，二十一歲過了一半，正要步入我的二十二歲。

這本書是我寫過最網路小說的作品，儘管有很多年的時間，我和我的作品都被定位是網路作家和網路小說，但是同樣的，這麼多年的時間過去，我依舊不這麼認爲。

眞的不這麼認爲。

關於網路作家和網路小說，我自己的理解是這樣：所謂網路小說是指網戀之類的小說。一開始確實是這樣的，就如同開創網路文學熱潮的《第一次的親密接觸》這本書（蔡智恆著，紅色出版），只不過後來變成是希望它能熱賣的小說全被書市歸類成爲網路小說了，因爲《第一次的親密接觸》在當時眞的是太熱賣了吧?而網路作家，是經過在網路上發表作品，然後被出版社邀稿出書的作家，而我不是，剛好相反；我直接投稿到出版社，接著被出書，然後因爲當時書市風氣的關係，於是我被當時的出版社要求在網路上張貼小說——切記張貼節奏要配合出版日期好吊讀者胃口讓他們去買！！——他們如此說是。而我從一開始就討厭這樣，無論是吊讀者胃口，又或者我的小說得張貼於網路的這件事情。

不過確實是因爲網路文學的到來，我的文字才能夠有被出版社青睞的機會，而我何其有幸，恭逢網路文學的盛世，然後，目睹它的凋零。

我眞覺得網路文學很像是這幾年的星光大道：它有親和力，它產生共鳴，它貼近生活，並且，它帶給讀者一種「好像我也可以」的感覺，而我就是其中之一。它不賣弄，它無距離，它讓當時的台灣文學重新洗牌；是在那樣一個大量需求網路小說的氛圍裡，我寫下《唱給火星人的十首情歌》，然後投稿，然後出版，然後橘子這個人，她誕生。

順道一提，從頭到尾，我想也沒想過「該怎麼寫作？」「要如何當作家？」「被退稿怎麼辦？」「稿費多不多？」「有沒有誰可以幫我個忙？」……諸如此類的問題，我就單純只想著把腦子裡浮現的故事化爲文字寫了下來，這樣而已。

而關於這點，在九年之後的我，還是沒有變。

幸福，不見不散

是寫在《唱給火星人的十首情歌》之後的作品，同樣是我寫作第一年的作品。

之所以編號會距離這麼遠、排到編號第十，是因爲它在我的電腦裡靜默了五年的合約期滿，才終於能夠擁有「再試它一次好嗎？它眞的很好看！！拜託嘛～～」的機會，我得承認當時我多少是連哄帶騙外加賭氣威脅；不過眞的很感謝，春天出版的韓先生，以及始終力挺我的莊總編。

那是我第一次想要放棄寫作，儘管只是寫作的第一年。

那時候我書的銷售量開始下滑，只是開始下滑，而非此後下滑的速度活像去坐大怒神；那時候我依舊不覺得自己是個作家，儘管我已經擁有三本出版品；那時候我才知道原來稿費那麼的少，少得好心酸，眞的是心酸。

那時候我一邊找著工作，一邊去到地球村補習日文，那時候我想的是或許我可以找個日文翻譯或編輯的工作而非不如就再回旅館工作吧！

那時候我其實已經中了文字的毒卻還不自知。

就是在那上日文課的時候，我看著課堂上的女老師和男同學一語不合、吵了起來，一開始我也覺得尷尬和不知所措，但後來我卻得告訴自己忍住別笑出來，因爲我腦子裡浮現了個故事，也就是《幸福，不見不散》這故事。回家之後我就立刻寫了起來，結果課沒去上幾堂，小說倒是又寫了一部。

如果說八年級生是台劇時代，七年級生是韓劇時代，而六年級生的我們，則就是日劇時代了吧。

這本書受了當時極紅的日劇《魔女的條件》影響極大，早期我的作品，受了日劇影響極深，甚至在當時的那個出版社要求我寫這本書的序時，因為不知道要寫什麼，所以就乾脆寫我看了哪一部日劇吧。

從『東京愛情故事』、『愛情白皮書』、『跟我說愛我』、『長假』、『三十拉警報』、『大和拜金女』……以及幾年之後的『Hero』，真的是影響橘書好久啊！其中寫下多部經典日劇的北川悅吏子至今依舊是我的偶像之一，也於是我寫下了之後的《妳的愛情，我在對面》。

妳的愛情，我在對面

橘子作品集，編號第十三，同樣是在我的電腦裡靜默了五年合約期滿之後，才終能夠有雪洗前恥的機會而被收錄進橘子作品集裡，只不過這次的差別是，多虧了《幸福，不見不散》的銷售量，這本書的再出版，總算不必連哄帶騙外加賭氣威脅。不過這是題外話了、當然。

《妳的愛情，我在對面》就如同先前所提及，寫下多部經典日劇的北川悅吏子是我的偶像，以至於那年的那天看到誠徵編劇的工作機會時，立刻我丟了履歷過去，接著獲得筆試通知，然後我懷抱著「老娘就要當編劇了！」的純眞夢想，搭著統聯去到台北；結果不用說的是，我並沒有被錄取，因爲當時的我連劇本長什麼樣子都不知道、就這麼充滿傻勁的去了，然後一鼻子灰的回來；不過當我還來不及氣餒時，《妳的愛情，我在對面》這故事靈感就這麼浮現我的腦海，而當時我是在回台中的統聯車上，當下的動作是望著車窗外的高速公路，不知道爲什麼，那個畫面在事隔多年後我依舊記得好清楚。

我想說的是那天的事情，我指的是去搭統聯途中的事情。

那時候我好窮，書已經不賣，版稅又少得可憐，是這樣子一個眞的好窮的情況之下，於是我爲了再省多一點錢而騎好遠的車去到台中統聯總站搭車，那時候的統聯總站還在中港路二段，那是我第一次去到台中的統聯總站，然後，眞的，當我把機車停妥、走進統聯總站時，我第一次感受到『似曾感』：我好像曾經來過，但卻是我第一次到來。

後來我才想起，原來我是夢過。

在此之前，我曾經夢見過統聯總站，而夢裡，還有北斗七星。

再題外話幾則吧！

當年我沒錄取的那個劇本，是後來的『嗨！上班女郎』。

後來我還是當了編劇，而當時我還是不知道怎麼寫劇本。

還有，原來我不適合當編劇，因爲我眞的是個好爛的編劇。我不喜歡被修稿，而且恨死了，可是對於寫劇本而言是不可能的。

而，現在的我，則，很懷念那些年的那些傻勁：也不管自己行不行，就這麼一股腦的去闖去試去追尋。

這大概就是所謂的青春、以及青春無敵吧，就我自己而言。

好愛情，壞愛情

橘子作品集，編號第十七，原書名是《小妹》，寫作第三年的作品。

在寫作第二年其實還有一部作品，書名是《心理測驗》，不過這本書就留待《不哭》時再聊了。

幾件事情的點，穿引出《好愛情，壞愛情》的靈感和構想。

第一件是那年的國中同學會，儘管已經是寫作第三年，也已經出版了十部小說超過，不過當時的我，依舊不想說出「我是個作家」的這件事情來，儘管是面對老同學也是，眞的還是無法肯定是個作家的自己吧、我想。

第二件是去火車站接當時在警大念書的曹弟。

事隔多年我已經想不起來那個晚上究竟是眞實還是想像，不過當時等在夜裡火車站前的我，就是突然的想起不久前的國中同學會（但也有可能是眞的巧遇國中同學吧？眞的想不起來了），於是在回家的路上，我告訴曹弟：你給我了個靈感喔。而當下曹弟的反應是鬆了口氣多過於開心，因爲他那天眞的是讓我等了有夠久。接著回到家才一打開家的大門時，我就直奔房間坐定書桌前面，埋頭寫了起來。

我的靈感都是由諸如此類的小事得來，也於是我眞的厭煩被問道靈感哪裡來的這些問題，每當這個時候，我眞的眞的很想這麼回答對方：「喔，可能我就是個天才型作家吧，不然我也沒有辦法解釋啊。」

不過我總也只是在心裡想想而已。所以我討厭訪問是這原因，很多事情，我是眞的無法說出個所以然來，包括靈感哪裡來，包括爲什麼寫作……諸如此類。就我自己而言，這些那些眞的只是自然的到來，這樣而已。

關於《好愛情，壞愛情》這本書，我還想說的，是它還叫作《小妹》的那個晚上。那個晚上我的主編來了電話打擾了我的約會，如今那個約會的過程和當時的那個男人，我已經忘得差不多精光了，但卻清晰無比的記得，在電話裡，主編他當時的口吻，和口吻裡的熱切。他熱切的告訴我：新書剛剛出爐，而他懷裡就抱著這本書走在台北的街頭。

「我是這個世界上第一個看到這本書的人啊！」

在那當下，我是眞的感動：還是有人愛著我的書啊！那麼，我就還是繼續寫吧！

莊宜勳，眞的感謝你，這麼多年來的支持和鼓勵，尤其是那幾年低潮得想放棄時，尤其是在我被所有出版社都看低看壞看扁時，甚至是，連我自己都看低看壞看扁我自己的時候。眞的，還好遇見你。

對於創作者而言，伯樂是和才能一樣的重要、畢竟。

對不起，我愛你

橘子作品集，編號第八，寫作第三年，第二本作品。

在兩年的低潮以及接二連三的挫折之後，我開始學會自嘲，也於是這本書的女主角是一位失意的、毒舌的、憤怒的、卻不知所措的女作家，退稿界天后。她多少是有我自己的縮影，不過《對不起，我愛你》寫的依舊是虛構的故事。

《對不起，我愛你》這本書我寫得很瘋，就像新版的序那樣，三個星期不到的時間就完稿，把自己關在房間裡、沒命似的寫，好像不這麼做的話就會死掉、那樣子的瘋，畢竟寫作是當時的我唯一所能掌握的事情，除此之外，我的人生只剩下失意，什麼都不順利。

《對不起，我愛你》這本書我寫得很敢，反正也沒有人在看、乾脆就放開來顛覆的寫吧！把所有的失意、不滿和自嘲全都發洩在文字裡寫了吧！就讓唯一還支持著我的出版社也拒絕我吧！反正也都只是害他們賠錢，就讓我們都解脫吧！

是這樣子的一個心態下所寫出的小說，故事性薄弱、故意的薄弱，而主角獨白卻佔盡大量篇幅的多。這對我而言是全新的嘗試，甚至可以說是帶著自虐自嘲式的寫法，結果沒想到出版社居然也接受，結果沒想到讀者居然也接受。

結果沒想到它是當時的我，寫作三年以來，終於又能夠再版的小說。

當時聽到再版的消息時，我還直覺出版社是不是覺得我過得太衰於是同情我安慰我？是不是編個藉口找個理由想給我錢過生活？當時的我眞的是這樣覺得。畢竟都已經失意了那麼久，兩年來的每一天都在失意中度過，每天每天都如此失意的醒來又失意的睡去。

被挫折塞滿的每一天，那三年來的每一天。

或許有些人會發現，幾乎所有新版的橘書封面文案都改變，就只除了這一本《對不起，我愛你》依舊維持著原文案。我其實不太曉得，其他的作家是不是都自己寫文案？不過我自己是這樣，後來固定了出版社之後，我就開始自己給書寫文案，因爲我覺得那是我書的一部分、這文案，我不放心給別人經手，不放心、也不喜歡，我甚至很排斥以前那些被編輯們寫的文案，和更改過後的書名，那時候我總是在收到書之後、對著書囉嗦一堆。

我極度字戀也極度缺乏安全感，我知道。

而，這《對不起，我愛你》的文案給了我信心，原來我適合寫文案，又或者說是，這方面短短的小語，MV似的小語。

兩杯熱咖啡，心情是等待，

只是，我等的人，不會來。

啊！好有意境的文字啊！

對不起，我眞的很字戀。

遇見

橘子作品集，編號第十一，寫作第三年，第三本作品。

回過頭來看，我才驚訝的發覺，其實早在寫《遇見》時期的我，已經有了憂鬱的傾向，只是當時的我，還不自知而已。

如果寫《對不起，我愛你》時期的我，表現出躁期的徵狀，那麼寫《遇見》時期的我，則是極度的憂鬱，那時候的我，腦子裡經常出現死亡的想法，我指的不是我想要去自殺，而是死亡這件事情，經常在我腦海裡揮之不去。

那陣子我很不好過，睡覺都會做惡夢，夢見電梯急速下墜，夢見我在偌大的飯店裡迷路，夢見尖叫的女聲好淒厲，有回還夢見我殺了人進監獄，而夢裡的我，是眞實的後悔，眞實的分不清那是夢不是眞。

除此之外，還有很多已經忘記的惡夢，只記得那陣子總是從惡夢中驚醒。所以後來索性就不睡，接著就惡性循環成爲慣性失眠，我經常在夜裡開著無聲的電視，然後流淚，哭什麼？不知道，我就是很不快樂，我想那時候的我終究是被長期累積的不快樂所擊倒。

我的情緒需要個出口，我於是開始大量的閱讀。

我其實是在這個時期才開始眞正閱讀的，也於是從《遇見》這本書開始，我的文字有了某種程度的轉變。在《遇見》之後好幾年間的橘書，除了反覆出現大量的死亡之外，也受到日本文學的影響很深，尤其是村上春樹，他是我最鍾愛的作家之一。

在寫完《遇見》之後的我，結束了爲期三年的專職作家生活，我需要離開文字，我需要轉換生活，我於是回到學校念夜二技的日文系，在那一年半的時間裡，下午我在學校的圖書館打工，而晚上則到那鎮上唯一的咖啡館寫作。

是的，你沒看錯而我也沒有寫錯，晚上我不是去上課，卻是去咖啡館寫作，這是我後來提早休學的原因，我曠課太多，我連期末考都把考卷翻到背面，然後就這麼開始寫作。

很好笑，當時的我想要捨棄寫作於是跑去念書，可是跑去念書的我，卻反而停不下來的寫作，我想我是眞的中了文字的毒，才會如此癮得離不開吧？

就如同我寫在《我們的遺憾來自於相愛時間的錯過》裡的序那樣：

想放棄的東西我持續依賴，想得到的東西我決定放棄，這兩年，拐了個大彎又繞回原點的，兩年。

《我們的遺憾來自於相愛時間的錯過》。原序

這部短篇集結從開始到結束總共花去我大概兩年左右的時間。

兩年。

在這兩年裡，我人生的運作拐了個大彎又重新繞回原點——我掙扎著想放棄寫作，然後我跑回校園重拾書本；我掙扎著又繼續寫作，然後在只剩下一個學期就畢業時決定休學——想放棄的東西我持續依賴，想得到的東西我決定放棄，這兩年，拐了個大彎又繞回原點的、兩年。

兩年

在這兩年裡，很多人出現在我生命裡，問也沒問一聲的、就這樣出現，理直氣壯到令我有一種彷彿是註定好了的錯覺。

在人生的路上我們交會，留下滿到幾乎溢出的回憶，接著我們分離，回到各自的生活。滿溢的回憶變成了有氣無力的保持聯絡，有些人變成MSN Messenger上的一串帳號，藉著一串誰也搞不懂意義的數字、英文，慢慢從那改變中的暱稱推敲對方的生活，然後慢慢的把彼此淡忘，最終變成熟悉的陌生人，在空洞的網路上互相陪伴卻不打擾。

所以我真的討厭網路，疏離得這樣方便。

也討厭寫序。

兩年來這是我第一次這樣認眞寫序，在徹底失眠的清晨、突然想要寫些什麼眞實的文字紀念那彷彿濃縮人生的兩年。

兩年

第二個三年

二〇〇四年，十一月，

橘子作品集。出現

我們的遺憾來自於相愛時間的錯過

《我們的遺憾來自於相愛時間的錯過》，橘子作品集，編號第一。是橘子作品集的開始，也是我的第一部短篇集結；從開始到結束總共是兩年的時間，不過並不是說這兩年之間全都一心一意的寫著它，而是，在每個長篇小說的空檔中間提筆寫下，這樣。

剛好看到部落格上有人酷酷的問了我一句：寫作快樂嗎？

我想說的是，即便是走過這九年，終於走出一丁點成就的我，依舊無法矯情的回答：是啊，寫作讓我好快樂，快樂得不得了，簡直就是快樂得無以復加呢！

我眞正想說的是，寫作對我而言，快樂也不快樂。

快樂多過於不快樂，這是這九年的總結。

快樂是因爲我知道我會寫作，我知道我適合寫作，我的個性我的善變我的情緒化、我過度的想像力適合寫作，而且，我一直在寫作，從來沒有一天，停止過寫作，在第一個三年裡；而，不快樂則是因爲，當時的我，有點難過的發現，除了寫作之外，我好像什麼事也沒有辦法做，什麼事都做不好，只除了寫作。

寫作快樂嗎？

如果是當時的我，一定會想也沒想的就這麼回答：不快樂，而且我恨死了。

那時候的我，還拚了命的想證明：我也可以不寫作。

我曾經去到日文補習班當櫃檯，可是卻發現我好討厭推銷課程，於是只待了一個星期不到就離職，順道一提：底薪三萬五一個月，外加業績獎金。這對當時的我而言，簡直就是可遇不可求的收入。

我也曾經想過當個總機之類的就可以，可是結果卻發現，我根本沒有辦法早起，尤其是每天早起，那麼，找個晚班的工作呢？也沒辦法，我沒有辦法固定我的作息，我的作息只聽靈感的話。我曾經也想過，不如就回旅館去工作，可是才一打開電腦，我開啓的不是人力銀行，卻是空白的word檔，看看舊稿，想想新稿。

然後，是的，我認了，以上那些都只是屁話一堆的藉口，什麼不習慣早起，什麼不想要推銷，說穿了不過是我只想要繼續寫作的藉口，儘管寫作讓我很不快樂。而當時的我，也的確恨它，但卻還是離不開它。

我覺得自己好失敗，那幾年的我，一直覺得自己好失敗。

而，最最令人哭笑不得的，是在那個最最想要離開寫作的第二個三年，我開始有了自己的作品集，在春天出版，總編莊宜勳幫我要到了只屬於我自己的作品集，橘子作品集。而當時的我，還眞的搞不懂所謂作品集對作家而言有什麼意義？往後回想那第二個寫作的三年，難免我會覺得，對於自己的人生，我好像還滿置身事外的。

如果說，我寫作的第一個三年，是認識挫折，那麼，第二個三年，則是逃避挫折。

寂寞無上限

橘子作品集，編號第四。

和《我們的遺憾來自於相愛時間的錯過》同是橘子作品集裡唯二的短篇集結，也同樣在那兩年的時間裡，利用每一部長篇小說完稿與啓稿的中間時間所寫下的短篇故事，如今回想，在那幾年間的我，還眞的是沒有一天離得開寫作。

先前曾經提過，在日文系期末考時，不寫考卷卻是把考卷翻過背面寫小說的，就是這《寂寞無上限》裡頭最末一篇的〈寫給T〉。

這兩部短篇集結的作品，還眞是記錄了所有靈感突然來襲的場所。

我曾經在夜裡統聯的車上，利用微弱的燈光克難的寫作，也曾經在高雄的藍色狂想這夜店裡翻過杯墊背後寫作，還曾經在車騎一半時快快停下來找個可以坐下來的地方，然後就著廣告紙的背面寫作；更經常在開車等紅燈時，就這麼伏在方向盤上寫作，最經常的是在咖啡館裡，捉起餐巾紙寫作，有一度還寫到老闆娘走過來問我需不需要提供白紙給我？因爲這樣眞的是還滿浪費的。

「而且這樣好寫嗎？餐巾紙不會破掉嗎？」當時她還這麼問我。

嗯，是不太好寫，而且餐巾紙還眞的滿容易破的，尤其我隨身攜帶的又總是那支極細的黑色水性筆。

兩年。

用結果論回推的話，我念日文系的那兩年（嚴格說來是一年半，因爲我提早了一個學期休學離開，還頭也不回），更甚至是念高雄餐飲學校的那兩年，對於我如今的人生而言簡直就白費，因爲往後我既沒有從事和日文相關的工作，就是連旅館也只工作了一年就離開。有時我難免會心想，雖然確實我是在念高雄餐飲學校的那兩年間發現了寫作的樂趣，不過就算當時我念的是別的學校，也可能依舊會有另一位同學把《第一次的親密接觸》這本書拿給我看吧？那麼接著我還是會走上相同的路吧？而且時間點搞不好會更早也不一定吧？

不過我想說的是，眞的沒有什麼被白費。

在高餐的那兩年，經由學校的教育，我學習到正確的工作態度；在高餐的那兩年，我慢慢成爲後往的我所表現出來的樣子；在高餐的那兩年，我看見了另一個世界。

唯一比較遺憾的是，如今和高餐的同學都已經不再有聯絡，而當時的我們，曾經是如此從早到晚、天天相處的好同學啊。更甚至我人生中的第一本書登上金石堂的排行榜時，還是高餐的同學志耀打電話告訴我的消息。

儘管如今我們已生活在各自不同的世界，過著完全不同的生活，如今再見面，可能也不再有共同的話題可聊；不過確實是的，我是眞的感激，在人格養成最重要的那時期，我念的是高餐，遇見的是他們，如果不是他們的話，可能如今的我，又是另一個性格的我了吧？

或許。

眞的沒有什麼被白費，這句話用在愛情裡，其實也很對。

不哭

橘子作品集，編號第三。

《不哭》是寂寞美學系的最初，初版於二〇〇五年，不過實際上是寫作於二〇〇四年。整個二〇〇四年我只寫出兩部作品，而其中一部，就是《不哭》，佔據了我幾乎整個二〇〇四年的《不哭》。

《不哭》的原型是《心理測驗》（法蘭克福出版，二〇〇二年）這本書，這本書當時我並沒有掌握好、寫好，而出版之後更是賣得極差；不過不知怎麼的，儘管已經是兩年時間的過去，我就是念念不忘這故事，在開始寫作之後的第四年、我還是認為這是我寫出最好的故事、這後來的《不哭》。

我覺得有點抱歉、對於這個故事，當時的我年紀太輕、而這故事太沉，我沒有足夠的經歷掌握好它，於是當時的我，決定再給自己還有這故事一次機會，我想要寫好它，完完全全地表達它，我希望它能成為橘子的代表作，是懷抱著這樣的心情、所寫下的《不哭》，而至於之後的，會不會被出版？會不會被翻閱？會不會被認同被喜歡？那就不是我的能力所能掌握的了。而，這就是寫作最令人氣餒的一點，我們寫著的是一個未知的存在，我們期盼的是一個未知的結果，我們唯一所能做的，就只是寫作的本身了。

有個畫面我至今記憶猶新。

那一年失戀的我去到高雄找同學見面散心，同學是個迷信算命的傢伙，她當時著迷的是米卦這東西。

『我同事說超準的！』

她是如此口沫橫飛的說著，於是我被拉著和她一同前往，去體驗米卦。

去到算命館時，我想了半天就是想不出來我想要算些什麼，我的感情失敗，我的人生失意，這些我都認了，也都算了，實在不需要陌生的算命師再告訴我了，多此一舉，是不是？而且有些話，自己說來是自嘲，而由別人說出，則就是另一回事了。

總之我想起了接著要出版的《不哭》，我的代表作，我於是把這當成算命的題目，我問他這本書會不會受歡迎？

『卜相看來還好而已。』

算命師說了類似的話，然後，是基於安慰吧、我想，他接著趕緊說米卜預測的時間點是半年之內。

而我的反應，則是忿忿不平的差點翻臉，我發現我想要告訴他這本書有多好看，我發現我還想質問他幹嘛這樣唱衰我？我結果只在心底說了「你算得不準！」然後氣呼呼的走掉，這樣而已。

不過其實，他算得準也不準，這本書在當年賣得還好而已，這本書在之前甚至被別家出版社退稿，這本書在如今，是橘子作品集的編號第三，它感動了一些人，它是寂寞美學的最初，也是我筆風轉變的開始。

貓愛上幸福，魚怎會知道

直到這個時期，我的靈感都還來得又快又突然，並且，一提筆就停不下來的寫。儘管我已經長期寫作了好多年。

《貓愛上幸福，魚怎會知道》，橘子作品集，編號第六，二〇〇五年出版，不過是寫在二〇〇四年的秋天，利用一個月左右的劇本等候期，所寫下的作品。

二〇〇四年，我的人生發生劇烈轉變的一年。

首先，我在身邊所有人都反對的情況之下，休學離開了日文系，我專心的創作《不哭》，又或者應該說是，藉由全心投入《不哭》的創作，來移轉、忽略、逃避當時生活裡的種種不順利和放棄。

接著是夏天，經由春天出版的介紹，我再一次有了當編劇的機會。而這次找上我的公司，正是當時大名鼎鼎的可米瑞智，柴姐柴智屏的公司，一手打造「流星花園」並且從此開啓台灣偶像劇風潮的製作公司。

我壓力好大。

那時候的編劇小組裡連同我在內總共三位作家，除了我之外，是寫出暢銷作品《愛上麥當勞》，以及已經擁有改寫多部電視小說經驗的鍾靈。而至於我，書不賣，沒經驗，也不看偶像劇，連「流星花園」都沒看過，並且，不擅常在陌生人面前表達自己，還有，我很不快樂，不快樂很久了。但我還是想要捉住這個機會，我於是不拖稿，開會不遲到，我努力想要捉住這個機會。

只不過整個夏天過去，我們的劇本陷入停滯不前、無法定稿的危機，而我自己眼前最大的危機是：我本來就薄弱的存款逐漸逼零。整個夏天我沒有寫作，我於是沒有版稅收入，整個夏天我經常搭車往返台北，我一直在支出，我壓力越來越大。

然後，終於，在夏天結束之後，事情有了轉變，原先的劇本他們決定放棄，他們要我和編劇統籌毛毛姐一起把漫畫改編成爲劇本。而當時我的反應是驚訝，驚訝毛毛姐怎麼會挑我？有回助理問道我們零食要吃什麼、而我回答隨便都可以的時候，她還很不高興的指責我怎麼這麼沒創意！

總之無論如何，我反正把握機會就對了。

就是在那一個月左右的等候期裡頭，我寫下了《貓愛上幸福，魚怎會知道》，當時我想也想不到的是，那會是往後的一年裡，我唯一快樂的一個月；在寫劇本時我經常被罵，我受到很多委屈，我不適應媒體人文化，我變得越來越退縮，我經常感覺到害怕，我好像看見憂鬱症再度找上我，我經常想死，不是之前的過度關心死亡，而是真的想死，想要發生意外，車禍，什麼的都好；但我還是不願意服輸，不想要放棄，我不要我這半年的心血投入最終變成只是個白費。

我不知道這性格、這人格特質是害了我還是救了我？不過反正這就是我的選擇，我自己的選擇，經常為此感到痛苦但卻從來沒有後悔過的選擇。

過完那年的冬天，我們的劇本將近定稿的尾聲，我領到了少得可憐的劇本費，我知道他們不會再找我寫下一個劇本，而我也是，不會再接受，我恨死當編劇了。我覺得好解脫，我還是達成了原來對自己的期望：我堅持到底了。

那個劇本就是後來捧紅楊丞琳和賀軍翔的「惡魔在身邊」，這部劇改變了我們的人生，在不同的程度上；我因此寫下了《貓愛上幸福，魚怎會知道》，這本書是我第一部登上7-11的作品，它是一部不再只有首刷、而能持續再版的作品。

它讓我終於告別一刷作家的行列。

所以，是的，它是我的翻身之作，在持續寫作了好幾年之後，這、《貓愛上幸福，魚怎會知道》。

愛無能

橘子作品集，編號第五，二○○六年出版，寫於二○○五年春天。

看出端倪了嗎？從寫作、完稿、到出版乃至於收到首刷版稅、更別提支票入帳的日期，它通常會是一段漫漫的長路，對於非暢銷作家而言。這就是爲什麼台灣很難有專職作家存在的空間，除非他/她本身不缺錢、很有錢，又或者他/她反正也還是個學生，所以不用考慮現實因素沒關係。

有一陣子我也嘗試交網友的這件事情，那是好幾年前的事了，而且也沒有持續多久就足夠讓我明白自己並不適合交網友，太虛幻了、我覺得，眞覺得。雖然我生活的重心是放在創作虛構的小說，不過本身的個性卻是相對的務實、極度的務實，可能就是必須如此才能取得平衡吧、我想。

至今唯一還保持聯絡的網友就只剩下她。而她正是《愛無能》這本書的靈感來源。正確的說法是：她和她的網友們。

她非常熱衷於交網友，有回因爲閒閒沒事、而且反正有她開車載我，於是我跟著也參加他們在新竹內灣（這才是我的主要目的）的網聚。在那次的網聚裡，我認識了小葉這個男生，也就是《愛無能》裡男主角的原型。

我受到了滿大的震撼。

他是我從來沒有認識過的男生類型。高高帥帥又十分活潑外向，是大部分女生都會喜歡的類型；而且，他也十分熱衷於交網友的這件事情，也熱衷於和女生單獨吃飯的邀約，是大部分女生都不會接受的類型——呃、好吧，可能只有我這麼專制。

喔、就此停住、不再往下寫去了吧，我畢竟不是也不適合當兩性作家啊。

此外，和這部《愛無能》同時誕生的是：橘子文字債。

愛情，欠了我們一分鐘

橘子作品集，編號第七，二〇〇六年出版，創作於二〇〇五年。

在寫完這部《愛情，欠了我們一分鐘》之後，我就去了台北工作，寫文案；我終於有了正職的工作，我終究還是得向現實妥協。

這是二〇〇五年的事情，當時《貓愛上幸福，魚怎會知道》還沒出版，更別提往後的再版。我以為這會是個完美的妥協：我依舊活在文字裡頭，我只是轉變成為替公司寫產品文案，而重點是，我終於能夠擁有固定的收入，而不用再提心吊膽下一筆收入什麼時候進來？錢不夠用怎麼辦？

我以為這會是我的最後一部作品，這《愛情，欠了我們一分鐘》。

幾乎是用去和《不哭》一樣長一樣久的時間，我寫作這部《愛情，欠了我們一分鐘》，只可惜和《不哭》相反的是，這次我沒有把它掌握好。

《愛情，欠了我們一分鐘》的故事是好的，文字是好的，氛圍是好的，結果也同樣是令人驚訝的，但可惜在時間點的方面我沒能掌握好。它同樣是雙主角的寫法，同樣是寂寞美學的寫法，只可惜在編排上，過去與現在的穿插卻混亂了，這使得閱讀者難以理解兩者之間的轉變，這使得《愛情，欠了我們一分鐘》和閱讀者之間產生了距離，而這是很可惜的，真的好可惜。

我真的很希望這本書能夠再有一次證明自己的機會，就像《不哭》那樣。

除此之外，不得不提的是，書中開始出現關於「勞倫斯・卜洛克」作品的字句引用，透過主角的對話註明了書與作者的出處，所以請放心，並沒有侵犯著作權方面的問題。

我會愛上卜洛克是源自於寫劇本的那時期，那時期我經常得等候劇本修改的回覆和通知才能再往下一步進行，經常我花去一天的時間寫一集劇本，然後卻得花去一個星期的時間乾等待；是在那樣子的情況裡，我開始長時間待在圖書館，藉由大量的閱讀來延緩隨之而來的憂鬱狀況。也是因此，我被架上《八百萬種死法》這書名給吸引，接著一頭栽進推理小說的世界，以及瘋狂愛上卜洛克。

往後當我手頭比較寬裕的時候，首先不得不做的第一件事情就是把卜洛克的作品集給買齊。

如果說，日本文學影響了我中期的寫作，那麼卜洛克，就是影響我近期寫作的重要作家了。

對不起，忘了你

橘子作品集，編號第九，二〇〇六年創作，同年十月出版。

在台北工作寫文案的那一年半，因爲工作很閒（呃……不是我臭屁，但我的文案眞是寫得又快又好又具備廣告效益）（呃……不是我小心眼，但我眞的想要告訴那些曾經拒絕過我的廣告公司：寫文案和寫小說確實不一樣，但不是你們以爲的比較難！），也是因爲當時韓劇橫掃台灣收視率的關係，所以我開始爲春天出版爲韓劇改寫電視小說（老闆對不起，我知道利用上班時間寫小說是不道德的，可是下班之後我得看棒球比賽啊！而且我的文案還是幫你賺了不少錢吧？），在那一年半的時間裡，我總共寫了《悲傷戀歌》、《My Girl我的女孩》，以及其他的兼職電視小說編輯工作，藉此練習保有的筆感而不生疏。

還有，我寫下了《對不起，忘了你》，讓橘子作品集延續。

是從台北的工作開始，我的生活豐富起來，也忙碌起來，這是我被未來追著活的前端時期，不過不是因爲我的作品集，而是當時公司的產品文案，文案和小說最大的不同是，它是有時效性的（deadline!deadline!deadline!）。

也是因爲當時春天出版的韓先生提議把《對不起，我愛你》重新改版放進橘子作品集裡面，而，這也是讓橘子作品集得以完整的開端。

第三個三年

二〇〇七年，六月

橘子，橘子作品集

妳在誰身邊，都是我心底的缺

於是，我再一次走回專職作家的人生，藉由《妳在誰身邊，都是我心底的缺》這本書，在我的二〇〇七年。

想來好笑，在第二個三年裡，我是多麼千方百計地想要擺脫專職寫作的人生，只求生活平靜，工作穩定，或許每年一次升遷加薪，然後請客吃飯，好不開懷；再也無須對著銀行存摺憂心下一筆收入什麼時候能到？再也不用爬下床或者澡洗一半就圍著浴巾跑進房間找紙筆、只因爲靈感突然來襲，更不用承受創作時不可免的情緒起伏，甚至是文思泉湧但卻就手感缺乏的精神折磨。

我以爲穩定的生活就能夠讓我睡個好覺，套句當時爲我開安眠藥、也每每都警告我服用過量的醫生，他所說的話：妳不是依賴安眠藥就可以睡個好覺，只要妳換個生活方式就可以。

這番話我聽了聽又想了想，最後我決定換的不是生活方式，卻是醫生。

我決定放棄多年來追求的安穩生活、升遷加薪，還有去上海工作的機會，我決定回家專心寫作，寫這《缺》，還有，完成它。在我的二〇〇七年。

而這次除了我當時的老闆之外，身邊的人都沒有多說些什麼，更別提反對，我不免多心的懷疑他們是不是早已經放棄我？我其實心知肚明他們只是害怕觸碰我早已經過度緊繃的神經。那陣子的我除了過量服用安眠藥之外，還深受恐慌症所苦，那陣子的我，一心一意只想把《妳在誰身邊，都是我心底的缺》完成。

《妳在誰身邊，都是我心底的缺》，橘子作品集，編號第十三。○六年秋天啓稿，幾度推翻，幾度重寫，終於在○七年秋天完稿，隔年四月發行。

有個畫面是讓我無論如何也想把《缺》這故事寫出來的原始動力和堅持，又或者應該說是：賭注。那是個關於離開以及挽留的畫面，那是個兩人獨處的畫面，那是個永遠會烙在我心底的畫面，那是個永恆錯過的畫面，從此，我們的人生，不再交會。

此後，我走進了另一個人生，我夢寐以求卻連做夢都不敢奢望我眞能擁有的人生。

○七年五月，隨著《缺》的發行，我舉辦了人生中第一場的簽書會，在台北金石堂的汀州店。人少少的，而且我很緊張，不自在。簽書會結束之後，應誠品吳先生的邀請，我們一行人去到誠品喝咖啡和啤酒，然後，聊整夜的話。他話興很好，他情緒亢奮，而且思緒亂飛；他有滿腦子的想法和點子，他有個故事想要告訴我，或許還希望我爲他寫下，可是他沒說。他說我的理想進度不是一個月一本而應該是一個月出兩本書，我給他一個殺了我吧的表情，我想問他爲什麼他在誠品買書還要付帳？

他看起來很寂寞。

他在今年四月底驟然離世，他……嗯。

《妳在誰身邊，都是我心底的缺》。序

「我的文字不值錢但珍貴，因爲我放了感情在裡面。」

在寫作最初我曾說過這麼一句話，而今六年時間過去，我發現關於這點我還是沒變。

寫作對我而言大概是這麼一回事：有些話我想說，有些人我思念，直截了當的告訴對方我想他也會赤裸得讓我吃不消；於是我會想個故事，把那些想說的話以及不再合適的思念放進故事裡，然後隨便對方看不看得到、理解不理解。

我想要的只是表達，而非被知道。

想表達的不是故事的本身，卻是故事裡的那些心情及話語，也於是我的故事其實很簡單也很一般，甚至往往一句話就能交代完全，更於是我的文字很輕也很重，因爲寫作對我而言就是這麼一回事：有些話我想說，有些人我思念。

如果要我介紹《妳在誰身邊，都是我心底的缺》這本書的話，我會這麼看待它：爲它而存在的半年。

爲它而存在的半年。

在開啟《妳在誰身邊，都是我心底的缺》之前，我寫完《對不起，忘了你》然後經歷長達半年的寫作低潮期，我不知道該怎麼辦，我覺得很無助，可是沒有人幫得上忙，連我自己也幫不上自己；在自我懷疑的痛苦裡，我慢慢醞釀出《妳在誰身邊，都是我心底的缺》這故事，以一種自己也很不習慣的緩慢速度，我醞釀，且修改，一改再改；然而，在寫完它之後，我整個人空掉，在完稿後幾乎有半個月的時間，還陷在低迷的失落裡，出不來。

《妳在誰身邊，都是我心底的缺》從開啓到完稿大約是半年的時間，在這半年裡的每一天，我都不認爲自己能將它完成，這本小說我想把它寫得完美，可是連我自己也不曉得辦不辦得到，我於是沮喪，於是迷惘，於是掙扎，我終究堅持，以奇奇式的倔強，將它完成，盡我最大的努力。把想說的話、關心的事，全寫在書裡了，包括，這麼多年以來，弄也弄不懂的、什麼，盡可能的、我以自己所能理解的角度，寫它。

我的文字不值錢但珍貴，因爲我放了感情在裡面。

六年的寫作時間過去，我的整個人變了很多，只是關於這點，還是沒變。

只是好朋友?!

橘子作品集，編號第十六。至今依舊是作品集裡銷量第一的作品，這《只是好朋友?!》和《妳在誰身邊，都是我心底的缺》極相反的是，這本書寫得很快，快得一氣呵成，在一個月左右的時間就啓稿完稿，手感順利得連停下來喘口氣也沒有。記得當時交稿之後在電話裡我還這麼抱怨：寫得眞是有夠久。

我那時候是不是眞的已經精神錯亂到不行？

嗯。

我是眞的不認爲寫作的長度就代表作品的好壞，我不相信慢工出細活，寫作這回事畢竟不是手工藝品，寫作從來就決定於靈感和手感。

那是我靈感和手感最好的時期，那是我精神狀況最錯亂的時期，不是狂喜（寫作時）就是暴怒（不寫作時），沒有所謂的中間情緒，完全沒有。

典型的躁鬱傾向。

那時期的我找自己麻煩，也找身邊人的麻煩。我本來就不是好相處的個性，可是在那個時期、我簡直可以說是不能相處。我把所有的小事都放大到情緒難以負荷的程度，那時期的我說了很多討厭的話，也做了很多討厭的事，連我自己都不知道爲什麼要這樣；我那時候處於失控的狀態，我答應了很多我根本就不想要答應的約定，我控制不了我的情緒我的思緒我的妄想我的恐慌，而且我自己還沒有發現這件事情，我不知道我已經失控，我不明白爲什麼身邊的人都要用敬而遠之的表情看我？我於是讓自己吞下更多的安眠藥，想睡覺時就吃，心情不好也吃，發現自己又開始胡思亂想也吃；我那時候已經持續服用兩年的安眠藥，在吞下第一顆之後的每一天，我那時候一次的用藥量已經到達一次三顆的程度，我那時候居然覺得這又沒有什麼。

我那時候抗拒接受安眠藥已經對我的睡眠起不了作用的事實。

可是在那樣精神困擾的狀況之下，我卻寫出輕快而又甜美的《只是好朋友?!》接著同年七月，我收到人生中第一張七位數的支票，在我的二○○七年，我接連寫出《妳在誰身邊，都是我心底的缺》、《只是好朋友?!》、《我想要的，只是一個擁抱而已》的，我的二○○七年。

對不起，我想你

橘子作品集，編號第十五。

難以想像對不起書系竟能出到第三部，時至今日我依舊是這麼難以想像著的。

《對不起，我想你》是對不起書系裡，我自己最喜歡的一部。

這本書是寫在《只是好朋友?!》之後，而當時《妳的愛情，我在對面》出版不久、正好傳出銷售佳績，當時逐漸開始被問道爲小澈寫個故事在續集的請求出現，當時正準備寫《對不起，我想你》的我，還差點心想：那就乾脆把小澈寫進這本書裡頭吧！

我還滿好奇小澈和女主角相處的話，那將會是怎麼樣的一個精采（互毆？）畫面，不過最後還是打消了念頭，畢竟我還是覺得各書系的他們存在於原本書系就好，最好。爲什麼？不知道，但我就是這樣認爲。

不過我自己比較意外的是，我居然把無名咖啡館寫進對不起書系裡，因爲無名咖啡館，一開始就是只爲了寂寞美學而存在的。

無名咖啡館第一次出現於《唱給火星人的十首情歌》，不過當時它只是個雛形，尤其是不愛說話、但結果在當時這第一本書裡卻還結結實實說了不少話的冷漠老闆娘。

在現實生活裡，第一次有無名咖啡館這靈感來源時，是當時我還沒寫作時。當時我還在高雄，還是高雄餐飲學校的學生，那天我不知何故心情不好，於是一個人跑到學校附近隨意找了家忘記名字是什麼的咖啡館待著，在此之前我沒有寫作的經驗，也還沒想過要嘗試寫作，當時一個人無聊待著也不想看報紙雜誌的我，想起了最初在準備考高餐時訓練英文聽力的畫面，於是就這麼拿起了筆捉起了紙寫下咖啡館裡播放著的英文歌歌詞。往後的我再次想起這個畫面，就是在《唱給火星人的十首情歌裡》寫起無名咖啡館的時候（不過再一次強調，它當時還不叫無名咖啡館），也於是無名咖啡館裡總播放著英文老歌是這原因吧？

當無名咖啡館眞正成型，並且眞正站了個不講話的冷漠老闆娘在裡頭，是有年我和同學在台中後火車站亂逛時所無意走進的一間咖啡館，嚴格說起來它和無名咖啡館唯一的相似之處只在於它們同樣都位於小巷裡；當時我們無意闖入的咖啡館是個老舊的倉庫所改建的咖啡館，老闆娘不但不冷漠而且還盛情的把點心一樣一樣的拿出來招待我們（因爲沒有menu，連咖啡也是她決定我們要喝什麼），並且像個老朋友般的、指著牆上的畫說起她在紐約時學畫的生活。末了付帳時，她還十分藝術家的告訴我們：隨意吧。

後來我再也找不到那家由老舊倉庫所改建而成的藝術感咖啡館，連同學也想不起我們是怎麼走到的，神祕得像是其實並不存在的咖啡館，後來成爲我書裡無名咖啡館的原型。

或者說是：象徵。

我想要的只是一個擁抱而已

橘子作品集，編號第十三。

懷抱著想要超越《妳在誰身邊，都是我心底的缺》的想法所創作的一部作品，希望它能夠繼《缺》之後成為我代表作品的《我想要的只是一個擁抱而已》，花去了我二〇〇七年整一半的時間。

自從二〇〇四年開始，我已經過了整整三年超過、被未來追著活的日子，我的生活過得極度快轉，快速轉著我的思緒我的情緒我的生活以及我的下一步，我已經整整三年超過都過著活在未來裡的日子，我的生活被未來給塞滿，爆滿；我可以精準的說出下一個deadline是何時，想也不用想的就說出，並且還不拖稿，然而我卻經常搞不清楚此時此刻，以及今天星期幾？現在是幾月？

整整三年超過都這樣，都是這樣過日子。

雖然我覺得既滿足又過癮，但同時不得不承認的卻也是：人，還是會累的。

我需要放慢生活的步調，我終於醒悟我是活在崩潰邊緣，我不想瘋掉；儘管創作者和瘋子往往只是一線之隔。

在寫《我想要的只是一個擁抱而已》的這半年裡，我的生活起了些變化。

首先，我知道我得戒掉安眠藥的癮，它已經深深傷害了我的精神狀態，它不能進一步毀掉我的健康和人生，儘管它對於創作時不可免的情緒起伏很有幫助，但、去它的，在過度依賴它之前，我不也寫得好好的嗎？

去它的。

在《擁抱》還未完稿時我就成功戒除安眠藥的癮，並且沒有我先前所深深害怕的：我會失去寫作的能力。我得誠實的說，我還是會失眠，還是會為想睡卻睡不著覺而感覺到痛苦，但、那又怎樣？我們沒有必要每天每天無時無刻都快樂，不是嗎？

是。

還有，我有了自己的狗，經過兩任主人的棄養之後，終於在我們家找到牠安身之處的英國鬥牛犬，剛開始來到我們家時一臉哀傷而且後腳還跛腳、經過曹媽和我每天拿著棍子逼牠運動之後，甚至能夠跑跳和飛奔的英國鬥牛犬，圓滾滾又傻呼呼而且還很色迷迷的滑稽得好可愛的英國鬥牛犬，在幾番改名之後，我的狗正式定名為阿龐。

阿龐穩定了我長久以來跳躍的神經，有人說寵物是最好的心理醫生，這句話我覺得好對。我還是得誠實的說，經常我還是會情緒失控，只不過差別在於，當我感覺到我即將又情緒失控——脫口而出什麼討厭的話，未經思考就做出什麼討厭的事——之前，我就會先把自己帶開，安靜一下，然後，去陪我的阿龐玩，或者就是靜靜的看著牠拚了命的呼呼大睡，是真的拚了命的打著響呼的那種呼呼大睡。

啊，寫著寫著，我又想要下樓去看牠睡覺了，在這天矇矇亮的時分；連夜寫作是真的不健康但卻很過癮的事情啊！

不愛，也是一種愛

橘子作品集，編號第十九。

這實在是個瘋狂的決定，我指的是接連寫兩部寂寞美學的作品。

每每完成一部寂寞美學時，我總會有種被掏空了的感覺、而陷入悶悶不樂的抑鬱裡，還出不來。也於是我後來學會在完成寂寞美學之後，最好是寫一部輕快的酸甜的幸福純愛作品，又或者黑色幽默的對不起系，好轉換心情和筆感。但那時候的我卻偏偏就是浮現《不愛，也是一種愛》的故事靈感，雖然當時的我本來計劃接著要寫的是已經擱置了一年的新書系：都會愛情首部曲《還能再愛嗎？》。

我於是被掏空了兩次，在這將近一年的時間裡，連續被《我想要的只是一個擁抱而已》以及《不愛，也是一種愛》掏空。

之所以會接著寫起《不愛，也是一種愛》想來是那天去到朋友新任職的建商建案參觀（並且期待看到他被主管或客戶痛罵的畫面）（結果很可惜的並沒有，真殘念。哈！）時，站在露台上，望著眼前的Hotel One，想起那我站在台北公司的陽台上，遙望著距離只剩下食指大小的一〇一時，所得到的靈感來源，以及湧起的感觸吧。

所以，別再問我靈感怎麼來了好不好？我也不知道，真的，靈感它就是突然的來了啊。不請自來。

此外，雖然是個題外話，不過不得不說的是：陳奕迅唱歌眞是好動聽啊！有沒有他唱來不好聽的歌呢？我想是沒有的吧。

再個題外話是：至今看到《妳在誰身邊，都是我心底的缺》所附贈的愛情裡的千情百緒、也就是《不愛，也是一種愛》的章節頁所摘用的愛情短言，在出版兩年之後，在橘子文字債裡依舊時常被引用時，是眞的很開心啊。

妳的愛情，我在裡面

橘子作品集，編號第二十。

二開頭了，我的橘子作品集，而〇八這一年，同時也是我二開頭的最後一年，在《妳的愛情，我在裡面》發行之隔月，我就要變成二十九歲了。

這是我第一次給作品寫續集、我指的是對不起書系之外，但卻已經是第N次以你們的名字爲書裡的人物命名了，就如同這《妳的愛情，我在裡面》的張暖晨；印象很深刻的是，在〇九年的那場台北簽書會上，暖晨本人帶著橘書到來，並且冷不防的秀出她的身分證：我是張暖晨！

眞的很好玩啊，每當回想起來的時候。

同場簽書會也秀出身分證的還有澳門男孩，你長得好Q啊，希望你在台灣求學的生涯愉快又難忘，希望你喜歡台灣：）

在〇八這一年我人生最大的改變是，我開始有了海外書展的邀約，首站就是七月的香港國際書展，在那年香港書展的三場簽書會裡，我總算見識到大排長龍的震撼，以及書簽不完的很累和同時卻又很滿足。

當香港的各位看到這段文字時，可能我們已經在〇九年的書展簽書會又見過面了，但請記得這句說也說不膩的話：我好愛香港，是因為香港的你們：）

喔，還有購物免稅以及港式料理，以及說國語就行，這我得承認，哈。

此外，不得不提（其實是不太想提）的是，我看到很多人在部落格的發問：為什麼台灣反而不再有簽書會了呢？

因為預購都會有簽名書了啊，哈哈。開玩笑的啦、雖然同時也是真的。我只能說的是，人數是讓出借場地的書局以及花費人力和成本的出版社決定是否舉辦簽書會的關鍵哪。

還有個藉機要提的此外是，馬來西亞的各位，別再問我橘書為什麼不好買到、以及簽書會能不能去馬來西亞？是要問當地的書局啊，原因就像上述，讓他們知道你們的存在，好嗎？

對不起，謝謝你

橘子作品集，編號第二十一。

《對不起，謝謝你》寫作的時間點是香港書展回來之後，也於是書裡時不時就提到香港。

本來我自己也以爲（並且就打算這麼做）對不起系會停止在《對不起，我想你》，並且再一個本來是：這時候我本來打算寫的是已經擱置了兩回的《還能再愛嗎？》，但結果這會兒靈感要我寫的，卻還是《對不起，謝謝你》。

說到靈感這話題，我想要順道一提的是：沒有，我沒有截稿期。我不曉得別的作家是如何，但我和出版社之間是沒有所謂截稿期這件事情的存在。

但同一此時：是的，我有截稿期。只不過我的截稿期是靈感和手感決定的。因爲它們是那麼的不請自來又無法控制，也於是在狀況好的時候（靈感和手感並存的時候），我是會讓自己處於截稿期的寫作狀態而不敢也不肯休息的。

要把握啊，我指的不只是狀態好的這回事。

要珍惜啊，我指的不也還有別的：）

所以，那麼，對不起書系還有第五部嗎？我也看到了你們的問、在部落格裡，但是說眞的：這事只有靈感知道了。

眞的。

還能再愛嗎？

橘子作品集，編號第二十二。

終於出現了，這新書系的首部曲，在我的靈感小本子裡擱置了整整兩年的《還能再愛嗎？》

謝謝你們喜歡、支持這本書的全新寫法，很冒險，我知道，我自己當然是首先就知道的，或許這就是它被擱置了整兩年的原因。

但我只是在想，有的時候，人生其實不需要活得太安全，不是嗎？

> 眞的沒有什麼被浪費，技巧是你知道自己無論如何都應該有七十年好活。

我眞的好喜歡這句話，這句引用自尼克宏比筆下《往下跳》這本書裡的話。喜歡得不得了。

這句話總會讓我想起我自己的這九年，幾乎是佔滿了我人生中最精華的二世代的這九年，挫敗多於成功的這九年。我想起我是如何從認識挫敗，變成逃避挫敗，最後，接受挫敗；我想起在這挫敗多於成功的這九年，我是如何在每次每次的睡前，誠心地祈禱著我的下一部創作能夠被看見，能夠被接受，能夠被喜歡，甚至被討論，而，不要再只是，我自己覺得它很棒，這樣而已。

，我想起我是如何懷抱著忍耐的態度，度過這醒來就是挫敗的每一天，然後，依舊還是寫，繼續寫，不服氣的寫，也不認輸的寫。或者應該說是：反正都退無可退，不如就堅持的寫。接著，慢慢的，我的寫作人生在三年前它終於開始好轉，於是，漸漸的，終於不再只有我自己喜歡我的作品而已。

我想也沒想過，我眞能也擁有這樣的人生，寫作人生。

眞的沒有什麼被浪費，回想這九年，這佔滿了我人生中最精華的九年，這挫敗時間依舊多過於成功時間的這九年，我眞的眞的這麼覺得：眞的沒有什麼被浪費。

不是每個人都能夠美夢成眞，可是如果不去試，不堅持，不努力，美夢又如何能夠成眞呢？

還有，我最後想說的是，終於成眞之後，我一直不斷提醒著自己的這兩個字，這態度：珍惜。

越愛越寂寞？

橘子作品集，編號二十三。

在《越愛越寂寞？》上架的這個月底，我同時也年滿三十歲了。

我已經好幾年沒有過生日的習慣，我覺得一群人圍著蛋糕唱生日歌的畫面好彆扭，尤其我又是被那群人包圍著唱生日快樂歌的主角時。不過在三十歲的這一年，我倒是眞的許了願望：我希望我能夠再擁有下一個九年，寫作的九年，成功的日子終於長過挫敗的下一個九年。

日前有位女孩在部落格上問了我這麼個問題：「我知道這樣問很沒有禮貌，」這是她的開場白，接著她問：「但我眞的很好奇，妳是不是爲了錢而寫作？」

這是眞的沒有禮貌，我指的不是這個問題的本身，而是她明知沒有禮貌而且還挑明了說，但卻依舊的問。

我沒有在部落格回答她，我眞的不喜歡沒有禮貌的人。

我是不是爲了錢而寫作？

在寫作的這九年裡頭，有六年的時間，我是過著可以領退稅的生活，意思是，在這六年的時間裡，我的年收入是不到十八萬的；也就是說，在那六年的時間裡，去找份時薪八十的工作，都是比這收入高的。我想起在那六年的時間裡，母親儘管再看不下去我的生活和困苦，卻還是時常拿張千元鈔票、要我買瓶醬油或者衛生紙什麼的回家，然後，重點，把找零留著。我依舊清晰的記得那種挫折感：已經長大成人，卻還是得讓母親藉故拿錢給我的挫折感，以及，我不得不收下、因爲我是眞的沒錢可過活的屈辱。

接下來三年的時間，我還清了家裡的房貸，讓母親可以提早退休待在家裡含飴弄孫，也開始有能力，可以去幫助需要幫助的人。

不過我還是覺得很感恩，感恩的不是有餘裕幫助其他人的這件事情，卻是那幾年的困苦生活，練就我正確而又安全的消費態度。

我是不是爲了錢而寫作？

這是我的回答：

錢很少的時候我寫作，錢不再少的時候，我還是寫作。

最初我並不是懷抱著發財賺大錢的心情寫作，甚至可以說是，當我第一次提起筆寫作的當下，我連稿費會有多少、是多是少都不知道，也沒想過要知道。只是時候到了，然後我開始寫作，這樣而已，這樣單純而已。

接著那充滿挫敗的六年，當我看清原來稿費有夠少、少到簡直無法維持我的現實生活時，確實我是放棄過寫作，可是不管我怎麼放棄、怎麼離開，甚至是開始痛恨自己的寫作人生，最後，我卻依舊還是寫。而，這就是我最痛恨的地方：寫作支撐不了我的現實生活，但，我卻仍舊熱愛寫作，明明恨得要死，卻還是愛得離不開。

我是不是爲了錢而寫作？

不是。

早在我放棄收入安定、甚至緊接著可能會是高薪的海外工作，而決定回頭繼續過著下一筆收入什麼時候進來？金額會是多少？的不安定專職作家時，我就已經知道答案了。或許應該說是：我就已經認了。

寫作選擇了我，而我，堅持了它。

最後，是的，依舊，說幾次也說不膩的：謝謝你們喜歡橘書，謝謝你們的支持，請記得這件事，說幾次也說不膩的感謝：沒有你們的支持，就沒有橘子和橘子作品集存在的空間，由衷的，深深的，感謝：）

唱給火星人的10首情歌／橘子作. -- 初版
-- 臺北市：春天出版國際, 2009. 10
面； 公分. --（橘子作品集；2）
ISBN 978-986-6345-08-1（平裝）
857.7 98018284
國家圖書館出版品預行編目資料

唱給火星人的10首情歌

橘子作品集 2

作　　者◎橘子
總 編 輯◎莊宜勳
主　　編◎鍾靈
封面設計◎克里斯

發 行 人◎蘇彥誠
出 版 者◎春天出版國際文化有限公司
地　　址◎台北市忠孝東路四段303號4樓之一
電　　話◎02-2721-9302
傳　　眞◎02-2721-9674
E-mail ◎frank.spring@msa.hinet.net
網　　址◎http://www.bookspring.com.tw
部 落 格◎http://blog.pixnet.net/bookspring
郵政帳號◎19705538
戶　　名◎春天出版國際文化有限公司
法律顧問◎蕭顯忠律師事務所
出版日期◎二〇〇九年十月二版一刷
定　　價◎220元

總 經 銷◎楨德圖書事業有限公司
地　　址◎台北縣新店市復興路45號3樓
電　　話◎02-2219-2839
傳　　眞◎02-8667-2510
香港總代理◎一代匯集
地　　址◎九龍旺角塘尾道64號 龍駒企業大廈10 B&D室
電　　話◎852-2783-8102
傳　　眞◎852-2396-0050

排　　版◎浩瀚電腦排版股份有限公司
印 刷 所◎鴻霖印刷傳媒股份有限公司

ISBN 978-986-6345-08-1
Printed in Taiwan